Era uma vez uma maldição

E. D. Baker

Era uma vez uma maldição

Tradução
ALVES CALADO

JOSÉ OLYMPIO
EDITORA

Título do original em língua inglesa
ONCE UPON A CURSE

EDITORA JOSÉ OLYMPIO LTDA.
Rua Argentina, 171 – 3º andar – São Cristóvão
20921-380 – Rio de Janeiro, RJ – República Federativa do Brasil
Tel.: (21) 2585-2060
Printed in Brazil / Impresso no Brasil

Atendimento e venda direta ao leitor:
mdireto@record.com.br
Tel.: (21) 2585-2002

ISBN 978-85-03-01054-2

Capa: Hybris Design / Isabella Perrotta

Texto revisado segundo o novo Acordo Ortográfico da Língua Portuguesa.

CIP-BRASIL. CATALOGAÇÃO-NA-FONTE
SINDICATO NACIONAL DOS EDITORES DE LIVROS, RJ

Baker, E. D.
B142e Era uma vez uma maldição / E. D. Baker; tradução Alves Calado. – Rio de Janeiro: José Olympio, 2009.

Tradução de: Once upon a curse
Sequência de: O bafo do dragão
ISBN 978-85-03-01054-2

1. Magia – Literatura infantojuvenil. 2. Feitiçaria – Literatura infantojuvenil. 3. Viagens no tempo – Literatura infantojuvenil. 4. Literatura infantojuvenil americana. I. Alves-Calado, Ivanir, 1953-. II. Título.

CDD: 028.5
09-5504 CDU: 087.5

Este livro é dedicado a Ellie, por ter sido minha primeira leitora e crítica, a Kimmy, por me apoiar tanto, e a Nate e Emiko pelo entusiasmo. Também gostaria de agradecer a Victoria Wells Arms por suas perguntas e ideias.

Um

No meu tempo de menininha, nunca liguei muito para a magia. Olhava minha tia Gramina usá-la diariamente, e ela nunca parecia ter problemas. Quando comecei a praticar magia, esperava que fosse tão fácil para mim quanto havia sido para ela. Não poderia estar mais errada. Minhas primeiras tentativas foram uma série de pequenos desastres. Fiz bolinhos de manga-espada dos quais brotaram lâminas, e eles ficaram furando a gente. Meus feitiços de limpeza eram tão fortes que minha cama se arrumava sozinha até mesmo quando eu estava deitada, um redemoinho varria tudo que eu deixava cair, inclusive meus sapatos e as fitas de cabelo, jogando-os no monte de esterco atrás do estábulo. Virei uma sapa por causa de um tipo de magia, e um outro tipo me transformou novamente em sapa nos piores momentos possíveis. Às vezes meus feitiços não faziam o que era para ser feito, me mandando para a masmorra ou me tornando prematuramente velha. Quando o vapor de dragão aumentou minha magia e eu virei uma feiticeira poderosa, pensei que meus problemas em relação a este assunto estavam terminados, mas errei de novo.

De repente, eu tinha problemas ainda maiores pela frente — percalços causados pela magia e que logo descobri que só a magia poderia consertar.

Nas últimas semanas eu visitava todos os dias a oficina de tia Gramina, na masmorra, e quase havia terminado de estudar os pergaminhos e livros que ela trouxera dos aposentos na torre. Quando faltavam só alguns para verificar, fui ficando cada vez mais frustrada, porque não tinha encontrado um único feitiço que me ajudasse.

Naquela manhã, quando cheguei à masmorra, Gramina saiu intempestivamente de seu quarto sem dizer para onde ia. Conhecendo-a, ela provavelmente havia planejado algum tipo de maldade. Eu teria ido atrás, para ver o que ela aprontava, se não tivesse algo mais importante a fazer.

Massageando a testa com uma das mãos, empurrei os pergaminhos de lado com a outra. Estava exausta de ficar sentada na masmorra. Não era tão ruim como poderia ser, já que existiam muitas velas e eu vestia roupas quentes, mas as velas ficavam estalando e se apagando, e o fedor de podridão era tão forte que fazia minha cabeça doer.

Alguma coisa passou correndo por cima do meu sapato e eu sacudi o pé embaixo da cadeira. *Provavelmente é Pústula*, pensei, estremecendo. Antigamente, antes de ter se transformando da Bruxa Verde, boazinha e gentil, na criatura maldosa e enfeitiçada dos últimos dois anos, Gramina tinha uma cobra verdemaçã, pequena, inofensiva, que nunca incomodava ninguém. Agora dividia seu quarto com o rato velho e cinza que ela encontra na masmorra, o Pústula. Pústula tinha um cheiro horroroso, o pelo era cheio de falhas e o rabo pelado era coberto de feridas, mas o pior era seu humor, tão maldoso quanto o da minha tia. Eu não me incomodava com o frio da masmorra, com os sapos mágicos que iam de um cômodo ao outro, nem mesmo com os fantasmas que apareciam inesperadamente. Mas Pústula era outra coisa, já que ele adorava me fazer tropeçar e me dar sustos ao pular das sombras.

Pela centésima vez pensei em criar minha própria luz-das-bruxas para não ter de me esforçar tentando enxergar as palavras nas páginas e as criaturas que espreitavam nos cantos escuros do cômodo. Mas eu não era boba de fazer isso, porque esta era a oficina da minha tia, que não gostava de ninguém fazendo magia ali, a não ser ela própria. Gramina era sempre maligna, mas era ainda pior se você fizesse alguma coisa da qual ela não gostasse, motivo pelo qual eu tinha ido à masmorra, para começo de conversa. A luz fraca das velas trêmulas teria de servir.

Eu vinha procurando uma cura para a maldição da família há mais de um ano. Minha tia fora a vítima mais recente, e se eu não fizesse alguma coisa a respeito antes dos dezesseis anos, poderia me tornar vítima também. Assim como nossas capacidades mágicas, a maldição fora passada de geração em geração. Tinha começado quando minha antiga ancestral Hazel, a primeira Bruxa Verde, distribuiu buquês eternos em seu aniversário de dezesseis anos, mas não levou um número suficiente para todo mundo. Uma fada desapontada lançou uma maldição sobre ela, dizendo que, se algum dia Hazel tocasse em outra flor, perderia sua beleza e seu caráter doce. Infelizmente o feitiço não terminou com Hazel, que morreu séculos antes de eu nascer. As mulheres da minha família aprendiam a ficar longe das flores e, se não o fizessem, sofriam consequências que alteravam suas vidas. Não somente ficavam horrorosas na aparência, mas se tornavam tão más que ninguém era capaz de suportá-las.

Terminei de ler outro pergaminho e suspirei. Mais uma coleção de feitiços inúteis para transformar orelhas de porco em bolsas de seda e chumbo em ouro. O último feitiço, tão longo e complicado que quase me fez dormir, explicava como transformar morrinhos de cupim em montanhas.

— Já está acabando, Emma? — perguntou uma voz aguda. Minha amiga, uma morcega chamada Fê, me espiava do teto, pendurada de cabeça para baixo.

— Não deve faltar muito — respondi. Enrolando o pergaminho num tubo, coloquei-o ao lado dos outros que já havia estudado. Estava pegando os dois últimos quando ouvi alguma coisa arranhando a porta. — Gramina voltou — falei, puxando a mão de volta.

Minha magia melhorou notavelmente desde que descobri que tinha talento. Não somente me tornei Amiga de Dragão, como também virei a Bruxa Verde depois que Gramina perdeu o título. Eu podia fazer um monte de coisas que antes consideraria impossíveis. Agora sabia quem estava do outro lado de uma porta sem precisar abri-la. Isso era particularmente prático quando eu tentava evitar minha mãe.

O som de arranhão voltou.

— Por que Gramina iria arranhar a porta? — perguntou Fê.

— Boa pergunta. — Estendi a mão para a maçaneta e havia aberto a pesada porta de madeira só alguns centímetros quando ela bateu em mim com força, e um enorme lagarto passou bamboleando. Com mais de dois metros de tamanho, o corpo atarracado da criatura parecia encher o cômodo. Ele levantou a cabeça e sibilou para Fê, mas não prestou atenção em mim.

Fê soltou um guincho e voou para o teto, tentando se esconder nas rachaduras entre as pedras. O lagarto soltou uma risada e suas bordas ficaram turvas, e de repente minha tia estava ali, no lugar dele.

— Por que ainda está aqui? — perguntou ela. — Pensei que você estava terminando.

— Eu teria acabado há dias se você tivesse mais luz.

— Há luz suficiente aqui para fazer os *meus* feitiços, mas se é para você parar de choramingar, eu lhe dou umas porcarias de luzes-das-bruxas. Qualquer coisa para me livrar de você o quanto antes. — Com um movimento da mão e algumas palavras abafadas, Gramina produziu um jorro de pequenos globos que ricochetearam no teto. Em vez do brilho rosado que suas luzes-das-bruxas costumavam gerar antes de ela se transformar, estas lançavam um tom verde, fazendo com que parecêssemos doentes terminais.

Um animalzinho peludo, com rabo cotó e orelhas minúsculas, correu por cima da mesa. A criatura guinchou ao mesmo tempo que disparava até a borda e caía no chão, onde ficou deitada de costas, retorcendo-se. Apesar de ser do tamanho de um camundongo, não parecia com nada que eu já tivesse visto.

— O que é isso? — perguntei à minha tia.

— Um hamster — disse ela. — Eu os vi nas minhas viagens, uma vez. Antes ele era uma aranha, mas os hamsters têm mais carne. Virar lagarto deixa a gente com fome.

— Isso é nojento! — exclamei.

— Você acha mesmo? — perguntou Gramina, com os olhos brilhando.

Levantei os olhos quando uma das luzes-das-bruxas se apagou. Uma horrível névoa marrom, fedendo a legume podre, estava encobrindo as luzes uma a uma. Gramina correu até um barril e rolou-o para o centro da sala. A névoa quase havia chegado à última luz-das-bruxas quando ela murmurou algumas palavras e o barril começou a se sacudir. Sibilando como uma cobra furiosa, o barril inchou enquanto sugava a névoa através de uma pequena abertura na lateral. Quando o último fiapo desapareceu, Gramina enfiou uma rolha no buraco e esfregou as mãos.

— Bom! — disse ela. — Eu precisava de mais disso.

— Para quê?

— Para isso — disse ela, indo até sua bancada e destampando uma tigela cheia de um pó cor de lavanda. — Eu destilo a névoa e recolho o resíduo.

— O que ele faz?

— Não é da sua conta — disse, tampando de novo a tigela com força. — Você é xereta demais. Acho melhor você ir embora. Estou enjoada de ver sua cara por aqui.

— Ainda não acabei. Tenho mais dois pergaminhos...

— Aqui, leve — disse ela, pegando os pergaminhos na mesa e jogando-os no chão. — E não volte!

Fê saiu voando de seu esconderijo no teto enquanto eu pegava os pergaminhos. Mal havíamos passado quando a porta bateu com força atrás de nós.

— Pelo menos você conseguiu os pergaminhos — disse Fê, pousando no meu ombro. — Achei que ela não queria que eles saíssem da oficina.

— Foi o que ela disse quando eu pedi para vê-los na primeira vez. É o único motivo pelo qual não levei tudo para cima antes. Infelizmente estes não devem ajudar mais do que os outros. Acho que terei de procurar em outros lugares.

— Onde mais você pode olhar?

— Boa pergunta. Eu faço dezesseis anos na semana que vem e tenho de encontrar um feitiço-antídoto antes disso. Papai programou seu torneio para começar na véspera. Diz que é para comemorar o aniversário, mas acho que é apenas uma desculpa. Ele convidou os pais de Eadric e metade do reino deles, por isso acho que está tentando impressionar meus potenciais sogros antes mesmo que o contrato de casamento seja assinado.

Fê pareceu perplexa.

— Por que você tem de encontrar o feitiço-antídoto antes do seu aniversário?

— Porque o feitiço pode me transformar a qualquer momento, depois que eu fizer dezesseis anos. Se isso acontecer, não haverá uma Bruxa Verde para proteger a segurança de Grande Verdor. Pelo menos eu existia para ocupar o lugar de Gramina, mas não conheço ninguém que possa ocupar o meu!

— Aí está você! — gritou minha mãe, enquanto eu fechava a porta da masmorra. — Não imagino por que passa tanto tempo naquele lugar horroroso, mas, afinal de contas, você sempre foi diferente.

Ao escutar a voz de minha mãe, Fê saiu do meu ombro e voou para os trechos mais escuros do corredor. Eu não podia culpá-la por ter medo de mamãe.

— Fui visitar a sala de trabalho de Gramina — respondi, esperando distrair mamãe da morcega que se afastava.

Mamãe parecia ter engolido alguma coisa amarga. Desde o efeito da maldição, ela evitava minha tia tanto quanto evitava minha avó.

Cumprimentei com a cabeça a dama de companhia de mamãe, que estava suficientemente perto para ouvir quando seu nome fosse chamado, mas longe o bastante para parecer discreta.

— Sua alteza — respondeu ela com uma reverência mais baixa do que costumava fazer antes de eu ser a Bruxa Verde. Ser uma princesa não significava tanto quanto ser a bruxa mais poderosa do reino, e agora eu recebia muito mais respeito do que antigamente.

Com os pergaminhos nos braços, entrei com mamãe no Grande Salão, dizendo:

— Como já lhe contei, estou procurando uma cura para a maldição da família. Gramina deixou que eu examinasse seus livros e pergaminhos.

— Encontrou alguma coisa?

— Ainda não.

— Não fico surpresa. Se todas a bruxas antes de você não puderam encontrar a cura, por que acha que vai conseguir? Não se superestime, só porque é a Bruxa Verde.

— Não faço isso, mamãe. — Certamente não faria, com minha mãe por perto. — Só acho que elas podem não ter procurado o suficiente, ou nos lugares certos.

— É mais provável que não exista nada para ser descoberto. Você fica perdendo tempo quando deveria estar preocupada com seus vestidos novos. Você vai conhecer os pais do príncipe Eadric na semana que vem, quando eles vierem para o torneio, e quero que esteja com a melhor aparência possível. Se bem que não podemos fazer muita coisa com alguém tão alta e desengonçada como você. A costureira vai precisar de todo o tempo do mundo para deixá-la apresentável, por isso quero que vá falar com ela agora.

— O que estou fazendo é muito importante...

— Casar-se é muito importante, e se você não causar boa impressão nos pais do seu futuro marido, talvez não haja casamento. Nós teremos de usar cada truque que pudermos para que eles gostem de você, e não vai ser fácil.

— Eu ainda não disse ao Eadric que vou me casar com ele.

— Mas vai, logo, se souber o que é bom para você — disse mamãe, estreitando os olhos.

Deixei-a com a promessa de que falaria com a costureira assim que pudesse, mas não tinha intenção de ir direto para lá. As provas de roupa eram uma tortura para mim, porque mamãe sempre aparecia para apontar minhas falhas físicas, como se eu fosse obra de um péssimo escultor.

Eu não havia contado a ninguém por que adiara a resposta ao Eadric. Nem ele sabia o verdadeiro motivo, mas me fizera prometer lhe dar a resposta durante o torneio. Eu tinha medo de que minha resposta não fosse a que ele queria escutar. Mesmo sabendo que o amava, eu não estava certa sobre se deveria me casar. Uma coisa era casar com o homem que a gente ama tendo a ideia de viver feliz para sempre, mas era totalmente diferente saber que um dia a gente poderia ficar má e abandonar marido e filhos. Eu não queria que acontecesse ao Eadric o mesmo que aconteceu ao meu avô — abandonado quando minha avó Olivene passou de normal a perversa. Mamãe, que até então tinha evitado a maldição banindo completamente as flores do castelo, podia achar impossível encontrar um modo de acabar com a maldição da família, mas eu precisava acreditar que essa cura existia. Se não pudesse acabar com a maldição, não tinha intenção de me casar com ninguém.

Os aposentos da torre, que agora eu usava, haviam sido da minha tia, mas eu os reivindiquei quando Gramina se mudou para a masmorra. Era difícil subir correndo os degraus irregulares, e eu mal havia chegado à primeira seteira quando Fê desceu do teto e pousou no meu ombro.

— Por que demorou tanto? — perguntou ela. — Estou esperando há séculos.

— Estava falando com mamãe.

— Sua mãe não gosta de mim. Ela faz as pessoas baterem em mim com vassouras.

— Mamãe tem medo de morcegos. Você só precisa ficar longe dela.

— Eu adoraria, mas é difícil evitá-la. E também às *ecas* dela.

— O que são *ecas*?

— As pessoas que tentam bater em mim. Elas vêm correndo sempre que ela cobre a cabeça e berra: "Eeeca!"

Eu sorri.

— *Eca* não é um cargo nem um nome. É como dizer: "Eca, que horrível!"

Fê soltou uma fungadela.

— É um insulto, não é? Como se não bastasse tentar bater em mim.

No momento em que entramos nos meus aposentos, Fê partiu para o depósito, onde costumava dormir, me deixando sozinha. Eu não havia feito muitas mudanças na torre depois de me mudar para lá, por isso o lugar tinha praticamente a mesma aparência de quando minha tia morava ali. Uma nova bancada ocupava a sala principal, substituindo a que Gramina levara para a masmorra. As duas poltronas e a mesa ainda ficavam na frente da lareira; os tapetes verdes pintalgados ainda cobriam o chão. Gramina havia deixado suas tapeçarias, a tigela de água salgada e o buquê de cristal vivo atrás, e eu não via motivo para tirá-los dali.

Sentia-me confortável na torre e tinha todo o espaço de que precisava para fazer meu trabalho como Bruxa Verde. Junto ao título viera o anel no meu dedo e a responsabilidade de cuidar de Grande Verdor. Proteger nosso belo reino era um trabalho do qual eu gostava. Usava uma bola de ver longe para supervisionar o reino e percorria o campo usando o tapete mágico a intervalos de algumas semanas. Desde que me tornara Bruxa Verde, eu havia impedido a invasão por parte de um reino vizinho, expulsado uma matilha de lobisomens, espantado um trio de trolls malignos e ensinado a um bando de harpias a não incomodar nossos aldeões. Também tinha assumido a responsabilidade de manter limpo o fosso do castelo, o que não era fácil, porque Gramina insistia em jogar seu lixo dentro dele. O lixo de uma feiticeira é diferente do produzido por uma pessoa comum, e às vezes fumaças fedorentas e criaturas bizarras emergiam dali.

Minha tia havia sido o adulto mais gentil que conheci na vida, e eu sentia uma falta indizível de sua natureza verdadeira, o que era mais um motivo para encontrar a cura da maldição da família. Agora Gramina era horrível tanto quanto havia sido maravilhosa, e seus truques maldosos pioravam dia a dia. Ela fora terrível com Haywood, o homem que tinha sido seu noivo. Haywood morou conosco durante quase cinco meses depois de Gramina ter se transformado, e finalmente se mudou quando os truques que ela fazia com ele começaram a atormentar outras pessoas também. Mas se mudou para não muito longe, e ainda visitava o castelo de vez em quando.

Gramina havia espantado as damas de companhia prediletas de mamãe e mais empregados do que poderíamos nos dar ao luxo de perder. Ultimamente minha tia se transformava até mesmo em feras estranhas como o lagarto que eu tinha acabado de encontrar, aterrorizando as pessoas e os animais do interior ou das proximidades do castelo. Transformar Gramina de novo em quem ela era faria a vida de todo mundo mais agradável.

Desenrolei um pergaminho e me acomodei para ler, mas ele acabou sendo tão inútil quanto os outros. Depois de olhar o último pergaminho, coloquei os dois de lado e fui ver Fê. Ela piscou quando abri a porta do depósito.

— Encontrou alguma coisa? — perguntou a morcega.

— Nada de útil, a não ser que eu queira tirar ferrugem ou me transformar num pássaro. Não quero desistir, mas não sei mais onde procurar. Falei com todos os livreiros do mercado mágico, li todos os livros e pergaminhos da minha avó, e agora todos os de Gramina; e não achei nada que pudesse usar.

— E a cabana de Kisera? Lamilda deixou um monte de livros bons lá.

Quando eu tinha quatorze anos, Fê, Eadric e eu ficamos presos na cabana de uma feiticeira no fundo da floresta encantada.

Uma ocupante anterior havia deixado seus livros de magia para trás. Os feitiços eram confiáveis, e eu usei vários deles antes de aprender a criar os meus. Lembrando-me daquele livro, senti um jorro de esperança. Se os outros livros fossem igualmente úteis, talvez algum deles pudesse conter a informação de que eu precisava.

— Boa ideia — respondi. — Se eu for agora, posso voltar antes de escurecer.

— Você mandou o tapete mágico para ser remendado, lembra? — disse Fê. — Como vai chegar lá?

Eu já ia responder quando olhei pela janela. Uma pomba estava voando diante da torre, com a cor de bronze de suas asas aparecendo nítida ao sol de verão. Encostei-me no parapeito para olhar o pássaro. *Gostaria de fazer aquilo*, pensei, enquanto a pomba voava e girava.

Eu adorava experimentar feitiços novos. Como Eadric estivera envolvido no feitiço original que me transformou em sapa, toda vez que me transformava em um daqueles bichos ele também virava outro. Mas assim que meu poder ficou suficientemente forte e eu pude controlá-lo melhor, conseguia me transformar em outras criaturas sem alterar Eadric.

— Acho que vou voar. — Subi no parapeito da janela e recitei o feitiço do pergaminho.

Asa veloz e bico afiado
Transformai-me nisso apenas.
Quando eu disser a palavra final
Serei uma ave com penas.

Agora minha magia era mais forte, de modo que a mudança foi rápida e indolor. Eu não ficava mais enjoada quando me alterava da forma humana para a de outra criatura, mas a diferença de perspectiva ainda era desorientadora. Abri as asas e vi que estava coberta com penas castanho-claras. Havia me transformado numa pomba, o último tipo de pássaro que eu tinha visto. Inclinando a cabeça, dobrei-me para examinar os pés cor de laranja com pequenas garras afiadas.

Eu já observara pássaros antes, claro, por isso não achei que pudesse ser muito difícil voar. Afinal de contas, os filhotes não demoravam muito para aprender, e sem dúvida eu era mais inteligente do que um pardalzinho. Levantando as asas, baixei-as com um movimento curto e rápido. Fiquei empolgada quando meus pés se levantaram do parapeito, mas o ato de levantar as asas de novo me forçou para baixo. *Deve haver algum truque nisso*, pensei.

Batendo as asas, saí da janela e me vi bem acima do fosso. Surpresa, esqueci de bater as asas e caí como uma pedra, lembrando-me de batê-las de novo quando estava a pouco mais de um metro acima da água. Um tentáculo comprido e cinza disparou da espuma da superfície, com a ponta em forma de folha roçando minha cauda. Novo bater de asas, e fui ziguezagueando para cima e para baixo, tentando me manter fora do alcance do monstro. Gramina devia ter jogado mais lixo no fosso, mas eu não podia fazer nada antes de voltar.

Estava de novo sobre terreno seco quando descobri que, se torcesse as asas e as dobrasse um pouquinho, não me forçaria para baixo a cada vez que as levantasse, e finalmente pude voar como um pássaro de verdade. Experimentei subir mais alto do que a torre do castelo e mergulhar para roçar a grama da campina. Era um dia ensolarado, com apenas uma brisa suave balançando os botões-de-ouro das plantações. Um dia perfeito para treinar voos.

Dois

Nuvens escuras corriam pelo céu quando vi a floresta encantada. Esperando encontrar abrigo antes que a chuva começasse, lutei contra uma brisa cada vez mais forte. As copas das árvores dançavam, expondo a parte inferior e clara das folhas quando sobrevoei a floresta. Mesmo nos dias de sol os galhos entrelaçados das árvores antigas impediam a maior parte da luz de chegar ao chão da floresta. O lugar ficava ainda mais escuro quando o dia estava encoberto.

Não fazia muito tempo que eu estava por ali quando passei por uma ninfa de pele verde dormindo num pequeno lago. Dois unicórnios se aninhavam ao abrigo de uma árvore. Eu ainda olhava os unicórnios quando um grifo passou voando, me acertando com suas asas de águia, de modo que tive de lutar para recuperar o equilíbrio.

Enquanto prosseguia pela floresta, estudei as árvores, tentando encontrar algum marco conhecido que me levasse à cabana da bruxa. Finalmente reconheci uma árvore chamuscada e pude me orientar. Não demorou muito até que eu chegasse à clareira e visse a cabana, muito similar à que eu lembrava, ainda que o teto parecesse estar em melhores condições.

Pela fumaça que escapava da chaminé torta, percebi que havia alguém lá dentro, e tive de fazer força para não fugir. Lembrei-me do motivo que me levara até ali. Mesmo sabendo que precisava visitar a cabana para examinar os livros, quanto mais perto chegava, mais nervosa ia ficando. Enquanto éramos sapos, Eadric e eu tínhamos, por engano, pedido ajuda a uma bruxa chamada Kisera, mas, em vez de oferecer auxílio, ela nos sequestrou, levando-nos para esta cabana. Ameaçou cortar nossas línguas e os dedos dos nossos pés, enfiou-nos numa gaiola até que eu encontrei num livro um feitiço que abriu todas as trancas, trincos e nós da casa. A ideia de que Kisera ainda poderia morar ali quase me fez dar meia-volta para casa, mas eu não era mais uma sapa desamparada. Como Bruxa Verde, uma aspirante a bruxa como Kisera não seria páreo para mim.

Quando escutei vozes saindo da cabana, decidi investigar. Cheguei mais perto da casa, roçando a superfície das flores silvestres que enchiam a clareira. A primeira gota de chuva bateu na minha asa enquanto eu pousava no parapeito da janela.

Havia duas mulheres sentadas lá dentro, mas nenhuma delas era a jovem Kisera, de cabelos pretos. Não pude ver o rosto da mulher de cabelos brancos sentada à mesa de costas para a janela. Mas a outra estava virada para mim; era uma mulher miúda, de cabelos grisalhos e expressão azeda que combinava com o tom de sua voz.

— Você me prometeu ar puro e luz do sol — disse ela. — Rá! Poeira pura, pólen puro, esterco puro, aposto que você tem até mofo puro nesse pardieiro, mas nenhum ar puro! Por que você mora num barraco desses? Meu cachorro tem uma casa melhor do que esta.

— Para mim está boa. Eu a convidei para me visitar porque achei que gostaria da mudança. Você vive reclamando da cidade.

— Quem está reclamando? Eu adoro a cidade. Pelo menos lá uma bruxa pode fazer diferença com sua magia. O que você pode fazer aqui, no meio de lugar nenhum?

A mulher de cabelos brancos suspirou e se virou. Fiquei surpresa quando a reconheci, embora não devesse ter ficado. Afinal de contas, eu é que lhe havia contado sobre a cabana. Eadric e eu a havíamos encontrado no mercado mágico no ano anterior, enquanto procurávamos feijões mágicos. Ela nos dera os feijões em troca de informações sobre um vidro cheio de globos oculares que, segundo a mulher, lhe pertencia. Eu tinha visto o vidro na cabana quando era prisioneira, e o vi de novo agora, sobre a mesa diante dela.

Diferentemente do dia em que nos conhecemos, quando ela possuía apenas um olho que ficava se virando de um lado para o outro, meio frouxo, agora a mulher tinha dois olhos no rosto, embora não fossem iguais. O olho azul vívido parecia combinar melhor; o castanho com riscas douradas parecia se esbugalhar na órbita. A mulher tinha uma verruga preta na bochecha, e a boca sem dentes parecia se afundar no seu rosto. Surpreendentemente suas palavras eram claras quando falava.

— Eu consigo descansar, Dispepsia. Estava em paz aqui, até que você chegou.

Eu precisava falar com aquelas mulheres e perguntar se elas podiam me ajudar. Pulando no chão, pensei por um momento e recitei o feitiço usual para me tornar humana. Enquanto crescia até meu tamanho normal, tudo pareceu menor e menos intimidante. Minha pele pareceu se esticar e se repuxar, pinicando inteira quando as penas desapareceram. Suspirei aliviada.

Ajeitando o cabelo com uma das mãos, bati à porta com a outra. Um instante depois, ela se abriu com uma pancada forte. Estava mais escuro do lado de dentro iluminado apenas pelo fogo na lareira e por uma luz clara que atravessava a janela. Depois de uma fina garoa, agora a chuva caía de verdade.

— Olhe só, Oculura — disse a bruxa grisalha, ainda sentada perto da janela. — Finalmente temos companhia.

— Você era o pássaro no parapeito, não era? — perguntou Oculura, sinalizando para eu entrar.

Confirmei com a cabeça.

— Não queria ser xereta... — comecei, entrando na cabana.

— Por que não? — perguntou Dispepsia. — Ouvir conversas alheias costuma ser a única maneira de descobrir alguma coisa. Eu costumava me transformar em mosca exatamente por esse motivo.

— Até que aquele homem a acertou com um mata-moscas — disse Oculura.

— Ele errou, o que foi bom para ele. Eu ficaria furiosa se ele fosse bom de mira.

— Você teria sido esmagada se a mira dele fosse melhor, e não teria condições de fazer nada.

— Umft! — faz Dispepsia.

Enquanto as duas discutiam, olhei a sala em volta. Estava mais arrumada do que antes; as teias de aranha e os velhos esqueletos de pássaros haviam sumido, e o cocô de morcego fora varrido da mesa e do chão, o que poderia ser o motivo para a sala estar com um cheiro tão melhor.

Olhei a prateleira em que ficavam os livros. A poeira sumira, e fiquei consternada ao perceber que os livros também não estavam ali. Ia perguntar por eles quando Oculura se virou para mim, me olhando de cima a baixo como alguém que inspecionasse um cavalo à venda. Eu estava quase esperando que ela exigisse ver meus dentes, mas em vez disso ela disse:

— Conheço você de algum lugar, não conheço?

Assenti.

— Nós nos conhecemos no mercado de magia. A senhora nos deu uns feijões mágicos.

— Hmm. — Virando-se para o vidro, a velha escolheu outros dois olhos, tirou os que estavam no seu rosto e colocou os novos. Piscou, depois me olhou de novo. — Assim está melhor. Agora me lembro. Você estava com aquele rapaz bonito. Você comentou sobre meu vidro cheio de olhos.

Confirmei de novo, incapaz de não olhar para seu rosto. Podia jurar que a verruga preta em sua bochecha estava se encaminhando em direção ao queixo.

— E então — perguntou —, o que achou dos feijões? Fizeram o que você precisava que eles fizessem?

— Fizeram — respondi, arrastando com esforço o olhar para longe de seu queixo. — Funcionaram muito bem, obrigada.

— E o rapaz? Continua lindo? — perguntou Oculura, olhando por entre as sobrancelhas com uma timidez afetada.

Não pude evitar: meu olhar saltou de novo para seu queixo.

— Continua o mesmo de sempre.

Oculura franziu a testa.

— Ninguém lhe disse que é grosseiro encarar alguém assim?

Pude sentir meu rosto ficando vermelho.

— Desculpe, mas a sua verruga...

— Não é uma verruga; é um carrapato facial. Peguei-o na primeira noite em que dormi naquela cama suja — disse ela, apontando para o colchão frouxo nos fundos do cômodo. A bruxa velha bateu no carrapato com o dedo, mas não fez menção de desalojar o inseto preto. — Agora eu gosto dele. Ele cresceu em mim, parece uma pinta charmosa, não acha?

— Muito legal — respondi, tentando não fazer uma careta.

— Por que você está aqui? — perguntou Dispepsia. — Sei que não veio só para receber dicas de beleza da minha irmã.

— Estou tentando encontrar uma maneira de acabar com um feitiço contra a minha família. Esperava procurar nos livros que ficavam naquela estante.

— Pode procurar. Coloquei no baú, com meus livros. Você pode consultá-los também. Veja só, eu não deixaria qualquer um examiná-los, mas você me contou sobre este lugar, e eu sou muito feliz aqui, apesar das reclamações da minha irmã. — Oculura olhou para a mulher grisalha, depois foi batendo os pés até o baú e abriu a tampa.

— Leve o tempo que quiser — disse Dispepsia. — Vai ser bom ter mais alguém por perto. Tudo que minha irmã faz é ficar brincando com esses olhos dela.

— Aí está — disse Oculura, jogando uma pilha de livros na mesa. — Pode examinar esses.

Enquanto a chuva tamborilava no teto da cabana, folheei os livros, anotando os feitiços mais interessantes. Dispepsia ficou sentada em sua cadeira perto da janela, reclamando dos pés que doíam, da chuva, do tamanho da cabana, da falta de atenção por parte da irmã, da época do ano e de tudo mais em que podia pensar. Ignorando nós duas, Oculura examinava sua coleção de globos oculares, experimentando um de cada vez, e depois em combinação com os outros.

— Cada um deles vê as coisas de modo um pouquinho diferente — explicou ela, quando a olhei por um momento. Levantando um olho espantosamente azul, disse: — Este pertenceu a um poeta. Tudo que vejo com ele é muito claro. — Em seguida, apontou para outro que flutuava no vidro. — Uma mulher que seguia os soldados na batalha era dona deste. Está sempre procurando um certo tipo de homem. E este — disse ela, enfiando a mão no vidro e pegando um olho com íris castanho-escura —, pertenceu a um velho feiticeiro que podia ver a magia em tudo.

Oculura procurou no vidro e pegou dois olhos brancos leitosos. Fiquei imaginando como alguém poderia enxergar alguma coisa com eles.

— Estes são os meus verdadeiros olhos de vidente — disse, com orgulho óbvio. Curvando-se sobre a mesa, tirou os olhos que estava usando e enfiou nas órbitas os olhos de vidente. — Agora me dê sua mão. — Pegando uma das minhas mãos entre as suas, ela fechou os olhos e cantarolou desafinada, depois disse: — Você vai ter um torneio em seu castelo, e vai me convidar! Eu aceito. E vou levar minha irmã. Vai ser maravilhoso. Haverá lutas, comida, um pouco de magia mal-empregada e...

— Que negócio de magia é esse?

— Mas antes do torneio você vai fazer uma longa viagem.

— Vou?

— Vai. Só não pergunte para onde. Estes olhos são velhos e se cansam com facilidade.

— O que foi que você disse sobre magia mal-empregada? — perguntei enquanto ela trocava de olhos de novo.

— Você deveria ter perguntado enquanto eu estava com aqueles olhos. Agora é tarde demais. Só posso usá-los por pouco tempo antes que eles precisem descansar. Gostaria de ver algum outro? — Oculura pegou o vidro e girou o líquido dentro. Os olhos também giraram, e achei que eles pareciam meio tontos. — Posso mostrar meus primeiros olhos, se você quiser. São de um azul lindo, profundo, e combinavam com meu vestido predileto. Estão aí em algum lugar. Minha mãe me chamou de Oculura por causa dos meus lindos olhos.

— Você sempre foi a filha predileta — murmurou Dispepsia.

— Ela era um neném que vivia com cólica — disse Oculura, indicando a irmã. — Por isso, mamãe chamou-a de Dispepsia. Teve problemas digestivos a vida toda.

— Problemas digestivos, problemas nos pés, problemas com homens... Nunca me casei — disse Dispepsia. — Nunca encontrei o homem certo. E você, garota? Tem alguém especial na vida?

— Na verdade, tenho. — Meu peito se apertou quando pensei em Eadric. Ele havia retornado para Alta Montevista quase seis meses antes, para ajudar o pai, e eu sentia muita falta dele. Eadric deveria voltar na semana seguinte, mas às vezes até uma semana pode ser um tempo enorme.

— Era aquele rapaz bonito? — perguntou Oculura.

Confirmei com a cabeça.

— Aquele era o meu Eadric — respondi, tentando parecer animada.

Não demorei muito a terminar de olhar os livros, simplesmente porque não havia muita coisa neles que me interessasse. Até chegar ao último feitiço no último livro continuei com esperanças de encontrar alguma coisa...

— Alguma coisa útil? — perguntou Oculura, jogando um olho de volta no vidro.

Suspirei.

— Nadinha — respondi enquanto afastava o último livro. — Agora não sei o que fazer. Olhei em cada lugar em que pude pensar, mas não achei nada.

— Hmm — disse Oculura. — Você disse que era uma maldição, não disse?

— Isso mesmo. Ela afeta as mulheres da minha família depois de completarem dezesseis anos.

— E você ainda não tem dezesseis?

— Vou fazer na semana que vem.

— Então, se eu fosse você, falaria com a irmã.

— Mas eu não tenho irmã.

Dispepsia fungou.

— Ela não quis dizer a sua irmã. Quis dizer eu! Eu era especialista em maldições. Mas tive de desistir delas. Tiram muito da gente. Você precisa estar realmente empolgada para jogar uma boa, forte. Toda aquela raiva fazia meu estômago doer mais ainda.

— Então você sabe muito sobre maldições, inclusive como acabar com elas?

— Claro que sei, e eu diria a você, se ao menos...

— Se ao menos o quê?

— Meus pés estão doendo de verdade. O que eu gostaria agora seria de uma boa massagem neles.

— Massagem nos pés? Mas eu...

— Minha irmã não toca nos meus pés, mas eu me sentiria muito melhor se alguém os massageasse para afastar a dor. Tenho certeza de que sentiria vontade de falar, depois.

— Ótimo — respondi. — Nunca massageei os pés de ninguém. Acho que você vai ter de tirar os sapatos.

— Claro, mas minhas costas doem, de modo que, se você não se incomodar...

Suspirei e estendi a mão para o pé dela. *As coisas que faço pela minha família!*, pensei, enquanto tirava o sapato da velha.

Felizmente, para mim, Dispepsia sabia do que estava falando. Logo fiquei tão fascinada pelo que ela começou a dizer que esqueci de seus dedos gordos e pegajosos e do fedor de pepinos podres de seus pés. Segundo ela, havia apenas duas maneiras de acabar com uma maldição. Você poderia convencer a pessoa que havia lançado a maldição a retirá-la ou poderia fazer o que a maldição ditava. Infelizmente eu não podia fazer nenhuma das duas coisas porque não sabia quem a havia lançado nem o que ela dizia, exatamente. Certo, eu sabia que uma fada a havia lançado; mas isso piorava as coisas, segundo Dispepsia, porque as barganhas com as fadas raramente funcionavam. No entanto, se eu pudesse descobrir quem era a fada responsável pela maldição, *talvez* pudesse convencê-la a acabar com ela. Não conseguindo, teria de tentar a solução que fazia parte da maldição, se bem que as fadas nunca tornavam nada fácil. Eu precisaria saber as palavras exatas, e até mesmo elas poderiam ser insuficientes.

— Mas comecemos pelo princípio — disse Dispepsia. — Se você não conseguir encontrar nenhum registro do que realmente aconteceu, terá de retornar ao tempo em que a maldição foi lançada.

— Mas isso aconteceu há centenas de anos.

— Você viajará pelo tempo, e não pela distância. Se for suficientemente forte, poderá controlar as forças envolvidas. Se não for, bem, a maldição não importará mais para você. O feitiço, em si, é simples. É só modificar um feitiço básico de busca usando um objeto do seu destino como foco. Como você quer ir para um tempo diferente, seu objeto de foco deve ser daquele tempo. Quando quiser voltar, inclua no feitiço o tempo para o qual quer retornar. Você não vai precisar de objeto de foco, já que você é desse tempo.

Coloquei seu pé no chão e peguei o outro.

— Ah, antes que eu me esqueça — continuou ela. — Você vai precisar de uma coisa para dar um pequeno empuxo no seu feitiço. Cada pessoa tem uma preferência pessoal. Conheci um bruxo que podia captar raios para tornar seus feitiços mais fortes.

— Como isso funciona?

— Não sei. Ninguém nunca mais o viu. Ou o feitiço deu certo ou o explodiu em poeira.

— Acho que não vou experimentar raios — disse.

— Boa ideia. Mas qualquer coisa que você escolha precisa ser transportável, para você usar na volta.

— Há mais alguma coisa que eu deva lembrar?

— Claro. Você está indo para um local diferente no tempo, mas sua localização no terreno vai continuar a mesma. Se a maldição foi lançada há muito tempo, a maior parte das construções e dos lugares deve ter mudado desde então. Você terá de fazer seu feitiço em algum lugar que tenha mudado muito pouco, caso contrário poderá aparecer no meio de uma parede ou no fundo de um lago. Tenha em mente que deve ser um lugar discreto. Você não vai querer aparecer de repente no Grande Salão ou na câmara da rainha. Para conseguir a informação desejada, você não vai querer que ninguém saiba quem você é ou por que está lá.

— Parece complicado.

— Na verdade não é muito. Tenho certeza de que vai se sair bem. Ah, mais uma coisa: certifique-se de não mudar nada quando voltar no tempo. Qualquer mudança pode ter um grande efeito mais tarde. Todo mundo sempre dá o mesmo exemplo: se você matar um ancestral, nunca terá nascido.

— Isso não faz sentido. Se eu matei alguém e então eu não existi, como posso ter matado a pessoa, para começar?

— Não me pergunte. Não entendo os detalhes, só uso o feitiço e tento ser cuidadosa. Agora, quanto aos meus pés...

Três

Havia parado de chover quando eu estava pronta para ir embora. Depois de me despedir das duas irmãs, me transformei em pássaro de novo. Voando em meio aos galhos que pingavam, tentei me lembrar de tudo que Dispepsia dissera e me perguntei como faria aquilo tudo acontecer. Conversar com alguém que conhecesse bem tanto a história da nossa família quanto o castelo talvez pudesse me ajudar a localizar um objeto para usar como foco. Minha avó provavelmente seria capaz de ajudar, se quisesse, mas as chances eram remotas, mesmo que eu a pegasse num dos seus dias mais amigáveis. Ela era a mais velha descendente direta da primeira Bruxa Verde e provavelmente sabia mais sobre ela do que qualquer pessoa, por isso eu teria de me arriscar ao seu mau humor. A próxima parada seria então a Comunidade de Retiro das Bruxas Idosas.

Com toda a vastidão da floresta encantada à minha frente, eu tinha bastante tempo para pensar. Mesmo assim, quando finalmente senti o perfume das cabanas cobertas de roseiras, ainda não fazia ideia do que diria. No momento em que vi as paredes de pão de mel da casa de vovó, já me decidira a ser direta e perguntar a ela.

Meu estômago roncou quando pousei na beira do jardim de vovó, com o bico quase se enchendo de água ao pensar naquele delicioso pão de mel. Eu não havia comido nada além de uma tigela de mingau de manhã cedo e estava começando a me sentir meio tonta. Atraída pelo cheiro açucarado da cabana, fui pulando na direção dela, abrindo o bico para recitar o feitiço que iria me transformar de volta, quando algo me acertou por trás. Caí esparramada, de bico no chão encharcado de chuva, presa por um objeto quente e pesado.

— Gosto de uma refeição que se entrega sozinha! — murmurou uma voz no meu ouvido.

Reconheci a voz. Era Herald, o velho gato laranja tigrado de vovó, um dos mais desagradáveis que já conheci. Puxando o bico do chão, cuspi meio engasgada e gritei:

— Sou eu, Emma, seu gato sujo. É melhor me soltar agora mesmo!

Herald rosnou.

— Gato sujo, é? Considerando sua posição, princesa, não creio que você devesse dizer isso.

Ofegante, e tentei pensar em algum feitiço de afastamento, qualquer coisa que tirasse o gato de cima de mim. Herald me pegou com os dentes, prendendo as asas dos lados do corpo. Lutei para me soltar, mas ele apertou as presas com mais força. O gato só havia dado alguns passos quando algo de repente se chocou contra ele, derrubando-o. Herald rosnou no fundo da garganta, um som curioso que me fez vibrar em sua boca.

— Solte-a! — disse uma voz carrancuda. Em vez disso, Herald mordeu mais, lançando dores lancinantes nas minhas asas. — Ótimo — disse a voz. — Se quer ser assim, pegue-o, Eutambém!

O gato se sacudiu. Quando abriu a boca para miar, caí no capim molhado e cambaleei ficando de pé, recitando o feitiço que me transformaria de volta. No momento em que abri os olhos como humana de novo, virei-me para agradecer ao meu salvador. Um pequeno cachorro marrom e branco estava segurando o gato pelo pescoço. Era Velgordo, o feiticeiro que minha avó tinha transformado num cachorro como castigo por enganá-la.

— Obrigada — agradeci.

Velgordo piscou para mim, depois abriu deliberadamente as mandíbulas e soltou o gato. Ainda miando, Herald subiu correndo uma árvore e foi para um galho, onde parou para se coçar sacudindo freneticamente a pata de trás. Obviamente Eutambém, o papagaio de Velgordo que vovó tinha transformado em pulga, havia chegado ao alvo.

— É isso aí! Um já foi! — gritou o cãozinho enquanto se virava e trotava para os fundos da cabana.

Minha avó me dissera que tinha vinculado a maldição lançada contra Velgordo a uma que Gramina usara para fazê-lo dizer a verdade. Enquanto qualquer um dos feitiços durasse, os dois permaneceriam com força total. Segundo o feitiço de Gramina, "Três atos altruístas você deve fazer, para ajudar um estranho que esteja a sofrer". Aparentemente, Velgordo vinha tentando quebrar o feitiço da verdade. Eu estava rindo quando fui na direção da porta da frente de vovó.

— Quem está aí? — grunhiu vovó enquanto empurrava de lado suas cortinas de algodão doce e enfiava a cabeça pela janela.

— Sou eu. Vim fazer uma visita.

— Não veio não. Veio descobrir o que eu sei. Gramina me contou sobre sua busca. Ainda está procurando um modo de acabar com a maldição, não é?

— Tenho umas perguntas que podem ajudar. A senhora se incomoda que eu entre?

Vovó grasnou.

— Claro que me incomodo. Se eu quisesse ver você, teria ido ao castelo. Não gosto de visitas. Elas sempre esperam que eu converse e lhes dê algo para comer. Ficam o tempo mais do que eu gostaria ou vão embora antes de quando deveriam; xeretam e fazem perguntas demais. Deveria existir uma lei contra visitas inesperadas. Mas já que você está aqui, acho que não tenho saída. Entre, se você precisa tanto.

Meu estômago estava roncando de novo quando vovó me recebeu à porta. Ela fez uma careta e disse:

— Está vendo? Eu disse! Agora você vai querer comida! — Sem esperar resposta, ela se virou e foi pisando com força até a cozinha. Apontando para o banco junto à mesa, ordenou:

— Sente-se.

Em seguida, bateu com uma caneca cheia de cidra à minha frente. Enquanto eu enxugava a cidra do rosto, ela quebrou um pedaço do parapeito da janela e jogou sobre a mesa. Era pão de mel mágico, aromatizado com gengibre, que permanece fresco durante anos. O gosto doce e levemente picante fez toda a minha boca pinicar.

— Bom, o que você queria me perguntar? – disse vovó assim que eu enchi a boca de pão de mel.

Tentei engolir depressa e quase engasguei. Tossindo, tomei um gole de cidra, depois pigarreei e disse:

— O que a senhora pode me contar sobre Hazel, a primeira Bruxa Verde?

— Nada! — reagiu vovó rispidamente. — Pronto, respondi a sua pergunta. Agora vá para casa e me deixe em paz.

— Certamente a senhora sabe alguma coisa sobre ela. Claro que eu poderia perguntar à Gramina. Ela sempre diz que a senhora já esqueceu mais coisas do que já soube. — A maldição havia tornado minha tia e minha avó tão parecidas que elas viviam tentando suplantar uma à outra, fato que eu tinha aprendido a usar em vantagem própria.

— Disse, foi? Que mentirosa! Diga: ela não arranjou um lagarto como animal de estimação, arranjou? Encontrei um caçando toupeiras no meu jardim um dia desses. Ele foi embora antes que eu pudesse lançar um bom feitiço, mas algo nele me fez pensar em sua tia. Precisei criar um feitiço novo para replantar as roseiras. O brutamontes horroroso arrancou todas elas do chão.

Suspirei. Minha avó tinha realmente roseiras lindas, algo que, claro, era proibido no nosso castelo.

— Gramina não tem nenhum bicho novo, a não ser um rato fedorento — respondi. — Mas ela gosta de se transformar em lagarto para aterrorizar todo mundo no castelo.

— É bem a cara dela, não é? Achei que ele se parecia com Gramina. Ele sorriu para mim antes de sair correndo.

— Você ia me contar sobre Hazel, a primeira Bruxa Verde — instiguei.

— Ia, é? — Vovó deu de ombros. — Pode ser. Não posso deixar você pensando que aquela minha filha maligna é a única que conhece a história da nossa família. O pai de Hazel era o rei Grunwald III, ou talvez IV. Ele construiu o castelo onde você mora. Dizem que a magia vem pelo lado da mãe dele, mas só poderia ser, não é? As únicas pessoas que têm esse talento na nossa família são as mulheres.

— Que parte do castelo o rei Grunwald construiu? — perguntei, lembrando-me do comentário de Dispepsia sobre encontrar o local certo.

— A parte mais antiga, claro. Use a cabeça, garota! Toda a metade de trás foi acrescentada mais tarde, por seu bisavô, assim como muitas das torres.

— Alguma coisa que ele possuía ainda está no castelo? Uma armadura, talvez, ou um móvel?

— Talvez houvesse, antes de sua mãe virar rainha, mas ela mandou limpar o castelo de cima a baixo um ano depois de se casar com seu pai. A idiota mandou os empregados limparem até mesmo a masmorra. Duvido que haja algo com mais de duzentos anos por lá. Ela sempre preferiu as coisas novas.

— Eu queria perguntar: a senhora vai ao torneio?

— Claro que vou. Você sabe que eu adoro torneios. De que torneio estamos falando?

— Meus pais vão fazer um na semana que vem. Os pais de Eadric vão.

— Que Eadric? Quer dizer, seu amigo gorducho e orelhudo?

— Eadric não é orelhudo!

— A-rá! Então *é* ele. Estarei lá. Ou pelo menos acho que sim. Deixe-me pegar minha tigela de oráculo para ver e ter certeza.

Dei mais uma mordida no pão de mel enquanto vovó pegava na prateleira uma velha tigela rachada. Depois de derramar um bocado d'água na tigela, colocou-a na mesa.

— Agora pare de tagarelar enquanto eu faço isso. Preciso me concentrar. Vejamos... — disse vovó, inclinada sobre a tigela de modo que seu nariz comprido quase encostava na água. Eu não conseguia ver nada que ela estava espiando porque sua cabeça bloqueava a visão, mas pelo jeito ela via alguma coisa. — Torneio... semana que vem... eu estarei lá? Ali está o Eadric, com as orelhonas e tudo. Ali está sua mãe, metida a besta como sempre. Vejo duas bruxas velhas idiotas. Espere, uma delas sou eu. É, eu estarei lá. E também... ih, olha isso. Vai haver algum problema de magia no seu torneio, garota. Algo vai dar muito errado.

Quase engasguei com o pão de mel outra vez. Quando consegui falar, disse:

— Oculura mencionou alguma coisa sobre isso. O que é? Você consegue ver?

Vovó se recostou e me olhou irritada.

— Eu disse para não falar! Como vou me concentrar com você arengando desse jeito? Agora deixe-me ver. Acho que é...

Com um som oco e um balanço de rabo, Herald, o gato, pousou na mesa ao lado da tigela, depois enfiou o rosto nela e começou a beber a água. Qualquer imagem que vovó estivesse examinando desapareceu em ondulações.

— Gato desgraçado! — Vovó agarrou Herald e jogou-o pela janela. — Quer beber água? — ela me perguntou. Quando balancei a cabeça recusando, ela levou a tigela para a janela e derramou-a do lado de fora. A água deve ter acertado Herald, porque ele miou esganiçado. Minha avó riu. — Bem feito, seu gato velho azedo! — disse ela, e bateu com a tigela de volta na mesa. — Olha, eu tenho um pouco de fígado que quero cozinhar há semanas. Agora está com um belo tom azulado, por isso vou prepará-lo com alguns nabos antes de estragar. Farei biscoitos de asa de besouro também. Quer ficar para o jantar?

Meu estômago deu cambalhotas diante desse pensamento.

— Está ficando tarde. Preciso chegar em casa antes do anoitecer — respondi, levantando-me do banco. — Muito obrigada pela ajuda.

Vovó me olhou irritada.

— É como eu disse. Você está indo embora justo quando eu ia me acostumando com sua presença. Bom, já vai tarde, e não volte nem tão cedo!

Eu provavelmente teria me esquecido do mais novo monstro de Gramina no fosso, se ele não tentasse me pegar outra vez, enquanto eu voava para a janela da minha torre. Embora seu corpo ainda estivesse escondido nas profundezas escuras, os tentáculos grossos com as pontas em forma de folha eram claramente visíveis, balançando-se no ar.

Nenhuma criatura normal vivia mais no fosso, porque os monstros anteriores de Gramina os haviam comido todos, por isso não era surpreendente que este estivesse sempre faminto. Mantendo um olho fixo nos tentáculos, recitei o feitiço que eu já usara com os outros monstros:

> Encontre o monstro deste fosso
> E mande-o para outro lugar
> Um lugar onde monstros vivam
> Um lugar onde possam ficar.

Saí do caminho quando um dos tentáculos passou por mim chicoteando. Alguns feitiços demoram mais a funcionar do que outros, e este pareceu levar um tempo extralongo. Fiquei aliviada quando ouvi um som de sucção, e os tentáculos desapareceram sacudindo-se.

Meus aposentos estavam escuros quando pousei no parapeito, mas havia tochas acesas nas ruas da minha tapeçaria predileta, que mostrava uma cidade e seu mercado. O canário de ouro trinou um cumprimento enquanto eu voava para dentro da sala, e piou empolgado quando me transformei novamente em humana.

— Luzes — falei, estalando os dedos para o teto onde bamboleavam luzes-das-bruxas. Como a maioria dos feitiços que usava com frequência, eu não precisava mais recitá-lo inteiro em voz alta.

Com as luzes brilhando suavemente no alto, fui depressa ao quarto, querendo localizar uma caixa em especial. Mesmo não tendo ideia de onde encontrar um objeto de foco do passado, já sabia o que usaria para aumentar meu poder. Escondido numa caixa no fundo do meu baú havia um pequeno frasco contendo bafo de dragão, a substância mais poderosa que eu já havia encontrado. Ainda que o bafo de dragão fosse um ingrediente fundamental numa poção que havia transformado uma lontra de volta em homem, fora o vapor de dragão — uma forma aquecida do bafo — que aumentara minha magia, tornando-me a bruxa mais poderosa do reino.

Tirando a caixa do baú, levantei a tampa de prata. Tons cor-de-rosa, azuis, amarelos e verdes redemoinhavam no gás que quase enchia o frasco. Enfiei o frasquinho na bolsa que carregava à cintura e peguei minha capa mais quente. Faltava menos de uma semana para o torneio, e eu não queria perder tempo.

Tranquei a porta depois de sair, ficando de olho para qualquer truque de magia de Gramina, mas não notei o barulho no Grande Salão até que cheguei à parte de baixo da escada. Estava tarde para o jantar, o que significava que meus pais provavelmente tinham hóspedes e estavam se demorando à mesa. A não ser que eu quisesse ser arrastada para a conversa e passar o resto da noite com eles, teria de me esgueirar sem ser vista.

Espiei dentro do Grande Salão. Antigamente o cheiro de assado de faisão teria me atraído, mas eu não conseguia mais comer carne desde que me havia transformado em um bicho. Em geral esse era o motivo pelo qual eu evitava comer com meus pais, já que eles não entendiam minha relutância e ainda tentavam me obrigar a comer aquilo.

Enrolando-me na capa, achei que bastaria ficar nas sombras, mas no momento em que pisei no salão mamãe me viu.

— Emeralda — chamou ela, usando meu nome inteiro. — Que bom você se juntar a nós. Venha ver quem está aqui.

Suspirei e me virei para a mesa elevada, onde meus pais estavam sentados lado a lado, examinando o salão. Sentado do outro lado do meu pai estava um homem de meia-idade com rosto agradável e cabelo cor de areia, com partes grisalhas.

— Haywood! — Corri até a mesa, com a esperança de não me sentar ao lado de mamãe. Haywood havia estudado para ser mago antes que minha avó o transformasse em lontra, muito antes de eu nascer. Desde que se transformara novamente em homem, ele vinha trabalhando em sua magia e estava ficando bastante bom. — Que prazer vê-lo! Vai ficar algum tempo?

— Só uns dias — respondeu Haywood. — Estou construindo uma casa perto do rio e ainda tenho muito a fazer. Mas volto na semana que vem. Seu pai me convidou para o torneio.

— Maravilhoso! — Comecei a conhecer bem Haywood nos meses em que ele morou conosco, e o achava muito agradável. Até a opinião de mamãe sobre ele havia mudado. Ele seria bem-vindo em nossa casa a qualquer momento, se não fosse minha tia.

— Viu Gramina? — perguntei.

— Rapidamente. Ela ameaçou me transformar num hamster, o que achei bem estranho.

— Ela provavelmente estava com fome. Seria bom voar quando for para casa e evitar qualquer lagarto que você veja.

— Emeralda, venha sentar-se perto de mim — ordenou mamãe, não me deixando escolha, a não ser que eu quisesse criar uma cena. Sentei-me ao lado dela, relutante. Parecia que todo mundo tinha praticamente acabado de comer, mas mamãe mandou os pajens trazerem os pratos de novo. Felizmente, ter um hóspede significava que ela talvez não notasse se eu só escolhesse legumes e um pedaço de pão.

Os olhos de mamãe se estreitaram quando ela se virou para mim.

— Onde você esteve hoje? Você sabe que as costureiras precisavam fazer a prova dos seus vestidos.

— Eu estava cuidando de uma coisa importante.

— Espero que essa coisa importante não a impeça de experimentar as provas amanhã! Você já desperdiçou muito tempo. Por sorte perdeu as diabruras da sua tia. Seu pai foi caçar hoje. Os cães espantaram uma lebre do mato baixo. Seu pai disse que ela o fez iniciar uma bela perseguição até que os cães finalmente a derrubaram. Então o que você acha que a lebre fez?

— Foi comida por cães meio selvagens?

Os olhos de mamãe se viraram bruscamente.

— Transformou-se num lagarto monstruoso que os perseguiu. Os cavalos ficaram aterrorizados; e os cães... Bom, veja você mesma — disse ela, apontando para o canto da sala.

Durante as refeições, normalmente os cachorros de papai ficavam embaixo das mesas, esperando a comida que caía ou alguma doação ocasional, por isso fiquei surpresa ao vê-los encolhidos no canto, com olhos temerosos.

— Gramina fez isso? — perguntei.

— E achou muito engraçado quando a questionei. Seu pai está furioso.

Um escudeiro que havia entrado no salão passou por trás das mesas até chegar ao meu pai. Os dois falaram por um momento, depois papai se virou para mim.

— Parece que o príncipe Eadric retornou antes do que esperávamos, Emeralda. Ele está no estábulo, com seu cavalo.

Saltei de pé, quase derrubando um prato da mão de um pajem.

— Vocês me dão licença? — perguntei.

— Claro, querida — respondeu papai.

Mamãe começou a bater com os dedos na mesa, sinal de que não estava satisfeita.

— Eadric só deveria retornar daqui a uma semana. Espero que os planos dos pais dele não tenham mudado.

— Vou descobrir — falei, e saí correndo da sala antes que ela pudesse pensar num motivo para eu ficar. Assim que saí das vistas dos meus pais, levantei as saias compridas mais alto do que provavelmente era recatado e corri o mais depressa que pude.

Os animais tinham sido alimentados, e o som confortável de cavalos mastigando grãos enchia o estábulo. Espiei por cima da porta da baia usual de País Luminoso e vi Eadric escovando seu cavalo até ficar com o pelo brilhante. Fred, a espada cantante de Eadric, pendia de um prego na parede, ali perto. Desde o dia em que Eadric fora apanhado desprevenido para a batalha entre o exército de Grande Verdor e o de Arídia do Leste, sempre mantinha a espada por perto.

Eadric parecia maravilhoso ali na baia, as mangas enroladas e as roupas enlameadas de um dia de cavalgada intensa.

— Eadric — eu disse. E então a porta abriu-se e eu já estava em seus braços, exatamente onde queria estar.

Quatro

Passou-se quase uma hora antes que eu retornasse à minha tarefa original. Eadric e eu tivemos alguns minutos maravilhosos enquanto País Luminoso nos olhava com nojo. Quando ele finalmente fungou e disse "Arranjem outra baia", nós paramos de nos beijar e rimos um para o outro. Eadric estava diferente de quando eu o vira pela última vez, e fiquei surpresa ao ver o quanto ele havia mudado em poucos meses. Tinha crescido uns dois centímetros e agora era quase da minha altura. Seu queixo e o lábio superior estavam ásperos da barba crescida, e o cabelo castanho encaracolado estava mais comprido do que ele costumava deixar. Mas o que me surpreendeu de verdade foi que sua pança havia quase sumido, e os músculos dos braços e do peito tinham aumentado.

— Como você está? — perguntou Eadric, com a voz um pouco mais profunda do que eu lembrava.

— Fiquei péssima enquanto você estava longe. Agora que voltou, me sinto ótima. E você?

— Tão solitário que não consegui ficar mais tempo longe. Meus pais vêm na semana que vem. Queriam que eu viajasse com eles, mas eu disse que precisava ajudar uma dama em dificuldades.

— Ah, é? E quem era a dama?

— Você. Você disse que ficou péssima.

— Devastada.

— Bom. Eu odiaria pensar que menti para os meus pais.

— O que mais você disse a eles?

— Que você é linda, empolgante e é a única mulher com quem eu poderia viver feliz para sempre. Que eles vão gostar dos seus pais, mas que sua tia Gramina é um tanto incomum.

— Tia Gramina! Eu ia falar com ela, quando mamãe me reteve. Tenho tanta coisa a contar, Eadric! Conheci a irmã de Oculura, Dispepsia, que me disse como podemos descobrir mais sobre a maldição, e agora vovó vem para o torneio, onde algum tipo de magia vai dar errado.

Eadric levantou a mão e riu.

— Devagar! Uma coisa de cada vez, por favor.

Recomecei e disse que me encontrei com Oculura, a bruxa que tínhamos conhecido no mercado mágico, e a irmã dela, especialista em maldições. Ele assentiu e disse:

— Que bom. — Mas pude ver que Eadric não ficou muito interessado, até eu dizer que teria de viajar de volta no tempo para descobrir as palavras exatas da maldição da família.

— Verdade? Você pode fazer isso?

— Segundo Dispepsia, posso. Só preciso de alguma coisa que seja daquele tempo e alguma coisa para tornar meu poder mais forte. Já tenho o frasco de bafo de dragão, que possui a magia mais forte que se pode encontrar.

Eadric coçou o queixo.

— De que época estamos falando?

— Da Idade das Trevas. Por isso preciso falar com Gramina. Talvez ela saiba de algum objeto antigo.

— Se você acha mesmo que ela vai nos ajudar, sua tia deve ter mudado desde que a vi pela última vez.

— Ela piorou, no mínimo, mas vale tentar.

— Uau! — disse Eadric, os olhos iluminados de empolgação. — Voltar no tempo! Nunca pensei que faria isso.

— Eadric, você não vai. Não é seguro. Não faço ideia do que vou encontrar, nem se vai dar certo.

— Claro que vou. Você não acha que eu voltei mais cedo para visitar seus pais, acha? E já ouvi dizer como eram os cavaleiros na Idade das Trevas. Um deles poderia sequestrar você, arrastá-la para um castelo e obrigá-la a se casar com ele. Você não vai a lugar nenhum sem mim.

— Está ameaçando me arrastar para o seu castelo?

— Se for preciso — disse ele, tentando dar um risinho maligno.

Eu sabia que não tinha como discutir com Eadric. Comecei a lhe contar tudo que havia acontecido comigo desde sua partida. Ainda estávamos conversando quando nos aproximamos da masmorra, e precisei interromper a descrição dos olhos de Oculura quando chegamos ao quarto da minha tia. Gramina não respondeu quando bati na porta, mas pudemos ouvir um barulho lá dentro. Curiosa, abri uma fresta e espiei. De novo em forma de lagarto, minha tia estava caçando um hamster, as unhas raspando o chão, a cauda escamosa batendo na bancada e derrubando a cadeira. O hamster guinchou e tentou subir pela parede, caindo de costas com um som minúsculo. Gramina saltou sobre a criatura desamparada e devorou-a num instante.

— Tia Gramina! — exclamei, escancarando a porta. — Pare com isso agora mesmo! Como consegue comer esses hamsters?

— Ah, que chatice! — rosnou Gramina em sua voz de lagarto. — Você não tem nada melhor a fazer do que me espionar? Espera aí, eu vou... *Bleargl!* — Ela arrotou, me deu um riso cheio de dentes e se transformou de novo em humana. — O que está fazendo aqui? Como posso trabalhar se você fica aparecendo? — Ela espiou Eadric à luz fraca. — Quem está aí com você? Não é aquele cabeça-de-bagre do Eadric, é?

— Olá, Gramina — disse Eadric. — Como vai?

— Vou aonde? — rosnou ela. — Seja específico, garoto.

— Eu queria lhe fazer umas perguntas — comecei —, mas se você estiver ocupada demais...

— Não seja idiota. Claro que estou ocupada demais. Vá embora e incomode outro.

— Você está igualzinha à vovó. Ela também não quis falar.

Enfiando um dedo sujo na boca, minha tia sondou os dentes com uma unha.

— Você foi procurar minha mãe? Para quê?

— Eu tinha umas perguntas sobre a história da nossa família. Vovó parecia saber mais sobre isso do que você, mas pensei em lhe perguntar mesmo assim.

— Rmmm — grunhiu minha tia. Depois de examinar a unha, deu um peteleco jogando alguma coisa no chão. — Não acredite em uma só palavra que ela diz. Aquela morcega velha não consegue lembrar nem do próprio nome, quanto mais da história da família. Além disso, eu sei mais do que ela jamais soube.

— Então deve saber tudo sobre Hazel, a primeira Bruxa Verde. O pai dela foi o rei Grunwald III ou IV?

— Grunwald III — respondeu ela, passando os dedos pelo cabelo até deixá-lo enrolado em volta da cabeça como um ninho de esquilos. — Mas a mulher dele era plebeia. Não fique aí feito um toco velho; pegue aquela tigela de erva-moura em pó. Pelo menos seja útil enquanto está aqui. — Indo à sua bancada, Gramina levantou a tampa de um caldeirão de ferro, frio, e pegou uma colher de pau. — Bom, onde é que eu estava? Ah, sim, Hazel. Ela gostava de plantas. Tinha um verdadeiro dedo verde. O que mais você quer saber?

— Haveria alguma coisa de Hazel aqui no castelo? Ou algo que pertencesse a um dos pais dela? — Fui até a prateleira onde minha tia guardava a maior parte de suas plantas secas e peguei os potes, um de cada vez.

— Nunca vi nada do tipo. Por que você quer saber? — Gramina olhou na minha direção e apontou. — A erva-moura está na tigela rachada, no final.

— Só estava imaginando. — Peguei a tigela e sacudi. — Está quase acabando.

— Não me diga isso! Preciso de cinco colheradas para o próximo passo!

— Acho que não tem mais do que duas aqui — respondi, entregando a tigela. — O que você está fazendo? — Gramina me pegou espiando no caldeirão e bateu com a tampa no lugar, mas não antes de eu ver que estava até a metade com um pó brilhoso, cor de lavanda.

— Não é da sua conta! Agora saia! Preciso de mais erva-moura para fazer isso direito, e não quero você aqui quando eu tiver saído. Você não tem erva-moura lá em cima, tem? — perguntou, franzindo os olhos para mim.

— Não; desculpe, eu não guardo...

Gramina fungou.

— Bom, mas deveria. Nunca se sabe quando a gente vai precisar. — Pegando um saco vazio, ela nos empurrou para fora e balançou a mão na frente da porta, para trancá-la. — E fique longe daqui! — disse, olhando-me irritada antes de girar nos calcanhares e ir andando pelo corredor.

Gramina não havia me dito nada de muito útil, mas eu ainda não estava pronta para desistir. Apontando o dedo para acender as tochas na parede, arrepanhei as saias e me sentei na escada da masmorra, deixando espaço para Eadric sentar-se ao lado.

— Talvez pudesse usar uma lasca das paredes de pedra original como foco — eu disse. — Eu poderia pegar de um dos trechos mais antigos e...

Uma névoa azul atravessou uma porta no fim do corredor, ficando mais densa até assumir a forma de um homem idoso com cabelos brancos compridos e postura régia. Veio pairando em nossa direção, com as feições refinadas ficando mais aparentes à medida que se aproximava. Quando finalmente chegou ao meu lado, ele flutuou acima de mim.

— Alguma coisa errada, querida Emma? — perguntou o fantasma.

Apertei a capa com mais força em volta dos ombros, já que o ar ficou gelado com sua presença.

— Olá, vovô. Tenho uma charada para resolver, só isso. Por sinal, este é Eadric. Acho que lhe falei sobre ele. Eadric, este é meu avô, o rei Aldrid.

— Estou lembrado. Eu o vi aí pelo castelo — disse vovô —, mas nunca fomos apresentados oficialmente.

— Olá, senhor — respondeu Eadric. Para alguém que estava falando com um fantasma pela primeira vez, ele se saiu muito bem. Sua voz só ficou ligeiramente trêmula, e as bochechas, ligeiramente pálidas. Meu avô era encantador, mesmo como fantasma. Tinha optado por morar na masmorra quando minha avó caiu vítima da maldição, e ficou ali, mesmo depois de ter morrido.

— É um prazer conhecê-lo, rapaz. Emma, você disse que tem uma charada? Que maravilha. Talvez eu possa ajudá-la.

— Espero que sim. — Ele já sabia de minha vontade de encontrar um fim para a maldição, por isso lhe contei o que soubera por Dispepsia. — Tenho algo para tornar meu poder mais forte, mas ainda preciso de um objeto do tempo de Hazel. Vovó disse que minha mãe mandou jogar fora todas as coisas velhas. O pai de Hazel era o rei Grunwald III. Não creio que o senhor saiba de algum objeto do reino dele que eu pudesse usar. Sabe?

Vovô coçou o queixo e franziu a testa.

— Grunwald III, hmm. Não sei de nada daquele tempo...

Suspirei.

— Então acho que terei de usar uma lasca de uma parede construída por ele.

— Ah, não! — disse vovô. — Isso poderia levá-la a anos antes do tempo em que você precisa chegar. Precisa de alguma coisa que aconteceu mais perto daquela festa, imagino. Sei de alguém que talvez possa ajudá-la. Volte de manhã, e eu tentarei trazê-lo até aqui.

Deixamos vovô com a promessa do encontro na manhã seguinte, bem cedo. Eadric estava bocejando escancaradamente quando saímos da masmorra, por isso nos despedimos, e ele foi cambaleando até o quarto que tinha usado antes.

Quando passei pelo Grande Salão, o lugar estava vazio, a não ser pelos cães ainda encolhidos no canto, espantados com qualquer som. Em cima, nos meus aposentos, arrastei-me para a cama, agradecendo pelo calor reconfortante, mas não pude parar de me preocupar com o que planejava fazer. Quem vovô traria, e como essa pessoa poderia me ajudar? E se o feitiço não funcionasse, e eu não fosse a lugar nenhum ou terminasse no tempo errado? E mesmo que o feitiço tivesse sucesso e eu chegasse ao tempo de Hazel, quem sabia o que eu iria enfrentar?

Era impossível dormir, enquanto pensava no motivo para voltar no tempo. Se eu não pudesse arranjar um modo de acabar com a maldição e ela me transformasse antes de eu encontrar alguém para me substituir como Bruxa Verde, Grande Verdor estaria sem proteção mágica. Mesmo que a maldição jamais me transformasse, eu teria de passar o resto dos dias tentando proteger todos de quem eu gostava contra minha tia louca e me preocupando com a hipótese de ser a próxima vítima da maldição. Quando finalmente caí no sono, sonhei com monstros de garras afiadas com dentes que pareciam adagas, mastigando as mesas de cavaletes no Grande Salão onde toda a minha família estava reunida, esperando para ser devorada.

Acordei cedo na manhã seguinte, recolhendo tudo que achava necessário para a viagem: um pedaço de barbante, um toco de vela, um frasco de unguento protetor que meu amigo dragão Ralf havia me dado e, mais importante, o frasquinho de bafo de dragão que eu tinha posto no bolso da cintura na véspera. O barbante poderia se transformar em corda; a vela seria uma luz sempre útil; o unguento, um grande protetor; e o bafo de dragão, um modo de me levar até lá e me trazer de volta. Pendurei no pescoço minha menor bola de ver longe, pus um vestido confortável e uma capa quente, alimentei meu canário e fui verificar Fê. Mamãe não precisaria saber, já que eu pretendia voltar no mesmo dia.

— Aonde você vai? — perguntou a morceguinha em seu caibro predileto.

— Por enquanto, à masmorra. Se tudo der certo, vou encontrar a cura da maldição.

— Posso ir junto? — perguntou ela, voando até meu ombro.

— Pode ir até a masmorra, se quiser, mas depois disso preciso ficar sozinha. Vou tentar viajar de volta no tempo e não sei o que encontrarei. Não ouso levar ninguém junto.

Desta vez, quando fui à masmorra, levei uma luz-das-bruxas amarrada a mim por magia. Iluminando o caminho com uma claridade mágica, ela me acompanhava como um falcão bem treinado, ficando a pouco mais de um metro sobre minha cabeça. Eadric estava esperando no Grande Salão, mordiscando um enorme pedaço de queijo. Ofereceu-me um pouco, mas meu estômago nervoso gorgolejou, e decidi não aceitar.

Vovô já estava nos esperando na masmorra com dois fantasmas que eu nunca tinha visto. Com medo de estranhos, Fê se encolheu no meu ombro, agarrando minha capa com as garras. O aposento estava tão frio, devido à presença dos três fantasmas, que se podia ver cada sopro da nossa expiração. Até com a capa enrolada no corpo meus dentes batiam, e eu precisava me esforçar para ouvir meu avô.

Depois de cumprimentar Eadric com a cabeça, vovô me chamou para o seu lado, de modo a ficarmos de frente para os outros fantasmas.

— Emma, gostaria que você conhecesse *sir* Jarvis — disse vovô. O fantasma usava um boné bicudo, sobretúnica e calças justas que estavam fora de moda havia muito tempo. Sua postura nobre seria a mesma em qualquer período. — E este é o amigo dele, Hubert. Hubert me disse que trabalhou nos estábulos de Grunwald III. — O fantasma era encurvado pela idade, o cabelo comprido ia até quase os joelhos, a túnica era pouco mais do que um trapo, e as pernas e os pés estavam descobertos. O cordão finamente elaborado que usava no pescoço parecia muito fora de lugar.

— *Rei* Grunwald para você, meu rapaz. Você precisa aprender a respeitar os superiores — disse Hubert.

Sir Jarvis ficou pasmo.

— Desculpe, majestade! Hubert não é mais o mesmo desde que uns guardas desceram há alguns meses e abriram o alçapão do calabouço. — O calabouço era pouco mais do que um buraco no porão do castelo, coberto por uma grade de metal enferrujada. Era onde os reis antigos punham os prisioneiros que eles queriam esquecer. — Hubert teve certeza de que finalmente haviam se lembrado dele e que tinham vindo soltá-lo. Um pouco tarde, se o senhor me perguntar, mas ele tem problemas de memória mesmo nos melhores dias. Esquece que só restam seus ossos naquele buraco, e os guardas não estavam interessados nos ossos. Hubert — disse ele, virando-se para o amigo — este é o rei Aldrid. Você já o conheceu!

— Ele não é o rei! — resmungou o fantasma encurvado. — O rei Grunwald III é o rei, desde que posso me lembrar. Trabalhei nos estábulos dele desde garotinho.

Sir Jarvis balançou a cabeça.

— Isso foi há muitos anos, Hubert! Agora Limelyn é o rei. Este é o sogro dele, o rei Aldrid. Ele quer lhe fazer umas perguntas.

— Que tipo de pergunta?

— Na verdade — intervim —, sou eu que quero falar com você, Hubert. Sou a princesa Emeralda e estou interessada em saber sobre o rei Grunwald III. Pode me dizer alguma coisa sobre ele ou sobre sua filha, a princesa Hazel?

— Isso eu posso. A princesa Hazel é linda, muito mais bonita do que você. Tem o cabelo dourado mais maravilhoso, com olhos cor de ovos de tordo e pele lisa como creme. Tem dedo verde e é capaz de cultivar qualquer coisa que deseje. Bom, eu a vi plantar um pé de batata subindo pela parede do estábulo, que produziu batatas em menos de um dia. Nossa princesa tem muito talento; disso você pode ter certeza! Foi a princesinha que me deu este medalhão, logo antes da grande festa — disse Hubert, puxando a corrente de baixo da túnica. Um disco prateado girou na ponta da corrente. — Disse que foi por bravura. Eu nunca o tirei. Tive de esconder, ou o teriam arrancado de mim, muitas vezes. — Olhando-me como se eu pudesse agarrar seu medalhão fantasmagórico, Hubert o enfiou de volta sob a túnica imunda.

— Era um medalhão lindo — eu disse. — E foi muita gentileza da princesa dá-lo a você. E o rei Grunwald? Como ele era?

A forma do velho fantasma oscilou, ficando esgarçada, e depois mais nítida.

— Por que está fazendo todas essas perguntas? Você é espiã, não é? O rei não gosta de espiões! Vou chamar os guardas do castelo; é o que farei. Eles vão jogá-la no calabouço e você nunca vai sair de lá!

— Está certo, Hubert — disse *sir* Jarvis, dando um tapinha no braço do velho fantasma. — Agora calma, velho amigo. Não há espiões aqui! — Hubert murmurou sozinho enquanto seu amigo se virava para nós. — Hubert passou os últimos dias no calabouço. Grunwald IV mandou jogá-lo ali quando alguma coisa sumiu. Acho que Hubert foi pego onde não deveria estar, mas certamente pagou o preço. O calabouço era um lugar terrível para se morrer.

— Não vou voltar para lá! — gritou Hubert. — Vocês não podem me obrigar.

Eu não podia culpá-lo.

— Calma, calma, Hubert. Ninguém vai obrigar você a fazer nada. Acho que é hora de nós irmos. Bom dia, majestades — disse *sir* Jarvis, fazendo uma reverência para vovô e para mim.

— O que eles disseram? — trinou Fê enquanto os dois fantasmas se desbotavam em névoa azul e flutuavam pelo corredor. — Eu consegui entendê-lo muito bem — disse ela, balançando a asa para meu avô —, só não entendi os outros dois.

— Verdade? E o senhor consegue entender a Fê? — perguntei ao meu avô.

Ele assentiu.

— Perfeitamente, na verdade.

— Como é possível? — perguntei. — Eu achava que só os bruxos e as pessoas que tinham se transformado em animais por um tempo poderiam entender quando eles falam.

— É verdade — disse ele. — E quando a maldição da família transformou sua avó, e ela me mandou para a masmorra, me transformou em rato por alguns dias. Desde então consigo falar com os animais. Conheço todas as criaturas desta masmorra, vivas e mortas. Foi uma centopeia que me falou pela primeira vez sobre o Hubert. Lamento por Hubert não ter ajudado muito.

— Mas ajudou, vovô. Ele me deu exatamente o que eu precisava. Agora sei aonde ir. O senhor pode nos mostrar o caminho até o calabouço?

— Lugar horrível — disse vovô. — Por que você quer ir lá?

— Porque é onde Hubert morreu. Acho que está na hora de acharmos seus ossos.

Cinco

O calabouço não era onde eu imaginei que ele poderia ficar, por isso gostei de ter pedido ao vovô para nos levar até lá. Com o tempo, a magia tinha mudado o lugar de portas e buracos no chão tantas vezes que nem mesmo um mapa ajudaria. Quando o encontramos, a grade de metal não dava a impressão de ser muito forte. Era um quadrado com cerca de um metro e bastante pesado, com uma trama de buracos do tamanho da palma da minha mão. A grade parecia quebradiça e difícil de ser movida, mas Eadric e eu conseguimos levantá-la e colocá-la de lado no chão.

— E agora? — perguntou vovô, flutuando acima do buraco enquanto espiava a escuridão abaixo.

— Agora eu vou descer lá. — Pegando o pedaço de barbante no bolso, coloquei-o no chão e o fiz crescer. Com um sibilo fraco, o barbante se esticou até ficar mais longo e mais grosso. Uma ponta amarrou-se a um gancho na parede, enquanto a outra baixava no buraco. Prestei atenção até ouvir o fim da corda bater no chão do calabouço.

— Deixe que eu vou primeiro! — exclamou Fê. Em seguida balançou as asas, deu uma volta ao meu redor e mergulhou na escuridão absoluta do buraco. — Não tem muita coisa aqui dentro — gritou ela. — Só um monte de ossos.

— Vou dar uma olhada — disse vovô. — Talvez eu encontre algum conhecido. — Deslizando pela abertura, ele desaparecera das nossas vistas.

— Eu vou em seguida — disse Eadric. — Quero garantir que é seguro. — Sentando-se na beira do buraco, Eadric pegou a corda, enrolou um dos pés em volta dela e escorregou por toda a extensão. — Parece que está tudo bem — gritou ele, com a voz estranhamente oca.

— Já estou indo — gritei para baixo, e estava pegando a corda quando um som de unhas raspando no piso de pedra me fez parar para ouvir. A princípio, achei que fosse Gramina transformada de novo em lagarto, mas quando um vulto se destacou da escuridão, soube exatamente o que era.

— Emma, você vem? — gritou Eadric.

— Num minutinho — disse, recuando da borda do buraco.

O brilho das minhas luzes-das-bruxas não era muito forte, mas era o suficiente para tornar óbvia a sombra que se movia em minha direção. Do tamanho de um bezerro recém-nascido, não tinha feições discerníveis, a não ser pelos olhos vermelhos. Tia Gramina havia me ensinado a lidar com a fera das sombras anos antes, de modo que ela não me apavorava mais como antigamente, mas eu não queria que ela nos acompanhasse para o calabouço, onde talvez eu não tivesse espaço de manobra. Firmando as pernas, esperei o ataque. A coisa veio para mim correndo, e o raspar de garras na pedra era o único som audível. Esperei até o último segundo, depois acertei um soco bem entre seus olhos enquanto pulava fora do caminho. Infelizmente, meu pé prendeu-se na grade que eu tinha deixado no chão, e tropecei, caindo de cabeça no buraco.

— Emma, o que você está fazendo? — gritou Eadric, enquanto eu mergulhava para o chão. Algo raspou minha mão, e eu agarrei a corda, quase deslocando o braço. A corda balançou, enquanto eu dava uma cambalhota até ficar de pé outra vez. Minha luz-das-bruxas borbulhou enlouquecida, lançando sombras que se encolhiam e se esticavam nas paredes e no piso como monstros estranhos.

Senti Eadric agarrar minhas pernas.

— Solte. Peguei você — disse ele.

Fê circulou em volta de mim, tão perto que suas asas quase roçaram meu rosto.

— Por que você fez aquilo? — perguntou ela. — Achei que você ia descer pela corda.

— Você está bem? — perguntou vovô, flutuando até onde eu continuava pendurada. — Precisa de ajuda?

— Estou bem — respondi, mas minha voz pareceu forçada até mesmo para mim. Respirei fundo. Meu coração martelava tão forte que tive certeza de que todo mundo podia ouvi-lo. *É só se soltar*, disse a mim mesma. Infelizmente, meus dedos não escutavam, e eu não conseguia obrigá-los a fazer nada. — Acho que vou ficar um tempo aqui — anunciei, embora minha mão doesse, e o ombro berrasse de dor.

— Por quê? — perguntou Fê. — Você já quase chegou ao chão.

Eadric apertou minhas pernas com mais força.

— Está tudo bem, Emma. Você não vai cair.

— Diga isso aos meus dedos.

— Eu ajudo — disse Fê. Voando mais perto, ela mordiscou meu dedo mindinho.

— Ai! — disse eu, mais surpresa do que dolorida, e minha mão saltou para longe da corda. Fiquei aliviada quando caí nos braços de Eadric.

— Peguei você! — disse ele, plantando um beijo nos meus lábios. — Agora está feliz porque eu vim?

— Eca! — disse Fê. — Vocês tem de fazer isso na minha frente?

Eadric riu.

— Nós estamos praticamente noivos, Fê.

— Isso não importa. Vocês, humanos, fazem as coisas mais estranhas.

— E os morcegos não fazem? — perguntou Eadric.

— Assim, não!

— Eadric, me ponha no chão — pedi. — Tenho trabalho a fazer.

— Ótimo — respondeu ele, colocando-me de pé. — Mas você precisa admitir que é bom eu estar por perto.

O calabouço tinha mais ou menos dois metros e meio de largura e uns três de comprimento. Uma das extremidades estava seca, mas vi aberturas na parede do outro lado, onde as pedras estavam remexidas, deixando a água do fosso escorrer para dentro. Havia um único esqueleto esparramado de encontro à parede mais seca, as pernas se estendendo até o meio do aposento. Mas eram os dois cantos cheios de pilhas de ossos que mais me interessavam. Alguém os havia separado organizadamente, empilhando todos os crânios num canto e o resto dos ossos no outro. Olhando o esqueleto inteiro, imaginei que provavelmente fora o último ocupante do lugar que havia empilhado os ossos.

— Coitado — disse vovô, pairando acima do esqueleto. — Até seu fantasma o abandonou.

— Não gosto deste lugar — observou Fê. — Tem um clima estranho. Podemos ir embora agora?

— Só quando encontrarmos o que viemos procurar — respondi. — Eu estava pegando um osso de braço quando uma mão esquelética envolveu meu pulso.

— Não tão depressa — disse um crânio na outra pilha.

— O que você acha que está fazendo? — perguntou um segundo crânio.

— Ladra! Roubando sepultura! — berrou um terceiro.

Pondo as mãos no punho de Fred, Eadric disse:

— Emma, recue e deixe que eu cuido disso — e desembainhou a espada. Fred começou a cantar.

Posso lutar com um ogro
Posso lutar com um troll
Ossos simples não...

— Já chega, Eadric — eu disse. — Eu cuido disso.

Como os esqueletos não têm músculos para lhes dar força, foi fácil tirar os dedos ossudos do meu pulso. A mão estremeceu quando coloquei-a na pilha, e alguns ossos de dedos se levantaram tentando me beliscar enquanto outra mão segurava minha manga.

O som de dentes rangendo me fez levantar os olhos.

— Todos por um e um por todos! — berrou um crânio tremendamente dentuço. — Não deixem que ela pegue nenhum osso!

— Não quero osso nenhum — falei. — Só quero pegar um medalhão emprestado.

— Que tipo de medalhão? — perguntou um crânio com mandíbula rachada.

— É de bravura, e acho que é de prata. Pertenceu a Hubert, que trabalhou nos estábulos de Grunwald III.

— Ah, aquele medalhão! — disse um crânio.

Outro crânio resmungou:

— Como assim, *aquele* medalhão? Só tem um aqui!

Algo fez barulho alto atrás de mim.

— Cuidado! — berrou Fê, e eu me virei e vi o esqueleto se levantando. Cambaleando, ele levantou os braços, com as mãos trêmulas se estendendo para a minha garganta.

— Ah, para com isso! — eu disse, e empurrei o esqueleto. Ele caiu contra a parede com um som oco. Seu crânio devia estar solto, porque despencou e rolou pelo chão até bater na parede oposta.

— Bem feito, seu valentão! — gritou um crânio na metade de cima da pilha.

— Você sempre se achou especial só porque tinha todas as partes! — gritou outro que estava embaixo.

— Eu nunca soube que vocês se sentiam assim! — disse o crânio no chão. O esqueleto foi dando tapinhas no chão de pedras até achar a cabeça, depois colocou-a no lugar sobre o pescoço, antes de dar as costas para os outros crânios.

Pondo as mãos nos quadris, olhei irritada para os crânios e disse:

— Estou aqui para fazer um serviço, e gostaria que vocês me deixassem continuar.

— Talvez a gente devesse ir embora — disse Fê.

— Eles não vão mais incomodar você — observou Eadric, fazendo um muxoxo para os crânios, como se os desafiasse a questioná-lo.

Vovô flutuou pelo calabouço, com a silhueta azul ficando maior e mais escura até parecer bastante ameaçadora.

— Talvez eles possam ajudar — disse ele, com a voz áspera. — Tenho certeza de que sabem onde podemos encontrar o medalhão.

— Por que iríamos ajudar? — perguntou uma voz hesitante.

— Porque, se não ajudarem — respondeu vovô —, vou espalhar seus ossos pelo reino para que os lobos e os cães selvagens encontrem. — A pilha de crânios se remexeu inquieta. — Mas se ajudarem, eu ajeito vocês e garanto que recebam um enterro de verdade.

Os crânios murmuraram entre si até que um deles falou:

— Promete? Jura pelos ossos da sua mãe?

— Prometo — disse vovô solenemente — pela minha honra como rei e como membro do Conselho dos Fantasmas.

— Então vamos dar o medalhão à garota — disse o porta-voz dos crânios —, mas ela terá de devolver ao dono quando terminar o que tem de fazer com ele.

— Eu estou aqui embaixo — disse uma voz abafada que presumi que viesse do crânio de Hubert.

A pilha de ossos estremeceu e ondulou. Alguns ossos escorregaram de cima enquanto outros eram empurrados de baixo. Finalmente, uma mão ossuda, segurando o medalhão, subiu à superfície. Embaciado pelo tempo, era o mesmo medalhão que o fantasma de Hubert usava numa corrente pendurado ao pescoço.

— Obrigada — agradeci, pegando o disco de prata. — Vocês ajudaram muito.

— Podemos ir agora? — perguntou Fê, voando ao redor da minha cabeça.

— Você pode — eu disse. — Mas eu não vou junto. — Enfiando a mão na bolsa, peguei o frasco de bafo de dragão. Agora eu tinha tudo de que precisava, inclusive um local escondido, que era do século certo. Não era ideal, mas achei que não encontraria nada melhor.

— Como assim? — perguntou Fê. — Você disse que a gente poderia sair assim que você tivesse conseguido o que veio buscar.

— Eu sei que disse, e sinto muito, mas vou descobrir o que for possível sobre a maldição. Não devo demorar muito, pelo menos se fizer isso direito.

— Tenha cuidado, querida — disse vovô. — O passado foi um tempo duro e cruel.

— Terei, vovô. Estarei de volta antes que o senhor perceba.

Eadric veio para perto de mim e pousou a mão no meu ombro.

— Não se preocupe, majestade, vou mantê-la em segurança.

Franzi a testa e balancei a cabeça.

— Eu lhe disse, Eadric; você não pode ir comigo.

— E eu disse que vou — respondeu ele, mais sério do que eu jamais o vira. — Você precisa de mim tanto quanto eu preciso de você.

— Preciso que você fique aqui onde é seguro. Quem sabe o que vou descobrir no passado?

— Exatamente — disse Eadric.

Eu não queria perder tempo discutindo, por isso sacudi o ombro para afastar sua mão e dei um passo para longe, certa de que eu poderia ir para fora de seu alcance quando o feitiço começasse a atuar.

Dispepsia tinha dito que eu precisava de alguma coisa para incrementar meu poder, mas não disse o quanto eu deveria usar. O bafo de dragão é muito poderoso, além de difícil de conseguir, por isso decidi soltar um pouquinho de nada e esperar que fosse o suficiente. Segurando o medalhão numa das mãos, tirei a tampa do frasco por um instante para deixar um pouco do bafo escapar, depois pronunciei o feitiço que já havia decidido que usaria.

> Leve-me ao dia anterior
> À maldição lançada pela fada
> Que transformou minha tia
> De maravilhosa em malvada.

Eu estava dizendo o último verso quando ouvi algo raspar nas pedras acima de minha cabeça. Quando olhei para cima, os olhos reluzentes da fera das sombras estavam espiando pela abertura.

— Emma! — gritou vovô, pairando entre a criatura e eu.

Pude ouvir as unhas da fera das sombras no piso de pedra enquanto ela se atirava no calabouço. Tentei sair da frente, mas o único caminho aberto para mim era o canto onde estava a pilha de ossos.

— Cuidado! — guinchou Fê, voando ao redor da minha cabeça.

— Emma, aqui! — gritou Eadric. Ele se jogou para cima de mim, tirando-me do caminho enquanto a fera das sombras atacava, mas os dois ficamos desequilibrados e começamos a cair.

— Cuidado! — gritou um crânio enquanto toda a pilha tremia.

Eadric e eu íamos cair sobre a pilha de ossos quando o calabouço desapareceu, e nos vimos despencando por um túnel escuro, empurrados por um vendaval. Um rugido de trovão encheu meus ouvidos, e a princípio achei que tínhamos arrastado a fera das sombras junto. Quando o vento me fez girar, tentei enxergar alguma coisa, qualquer coisa, no escuro, mas minha luz-das-bruxas havia sumido e não pude enxergar nada. *Espero que isso devesse mesmo acontecer*, pensei, enquanto a escuridão nos varria para longe.

Seis

O ar estava ficando mais denso ao meu redor e mais difícil de respirar. Eu não sentia mais um vento me carregando, mas como se algo me forçasse através de um pudim grosso e cheio de caroços, de cheiro azedo. Eu ainda podia sentir os braços de Eadric em volta de mim, como estavam quando ele havia me empurrado para longe da fera das sombras. Estava apavorada, mas nem de longe tanto quanto se estivesse sozinha. Mesmo não tendo desejado que ele viesse, de certa forma fiquei feliz porque ele o fez.

O ar ficou mais quente, e um zumbido agudo encheu meus ouvidos. Eu estava tentando respirar quando algo nos empurrou através de uma camada quente e úmida. De repente, o ar estava normal outra vez. Nós caímos — o quanto, não sei — até batermos na pedra fria e dura, tombando de lado. Sem fôlego, ficamos esparramados no chão, entorpecidos demais para nos levantar.

— O que foi isso? — grasnou uma voz vinda de algum lugar ali perto. — Ou eu estou sonhando ou os ratos ficaram muito maiores.

Onde quer que estivéssemos, não estávamos sozinhos. Respirei com dificuldade e quase fui esmagada pelo fedor de cocô e de um corpo humano sem banho. Testei meus membros, com medo de ter quebrado alguma coisa, mas estava bem — afora alguns arranhões e uns lugares meio doloridos.

Eadric me soltou e sentou-se, com a bainha de Fred raspando o chão.

— Você está bem? — sussurrou ele.

— Vou ficar — respondi o mais baixo que pude —, assim que descobrir onde e *quando* estamos.

Eu estava enfiando o medalhão e o frasco de bafo de dragão na bolsa quando algo pequeno e ossudo pousou em cima de mim com um "uuump"! A coisa gemeu baixinho, depois começou a se mover, cutucando-me com pontas nodosas.

— Feitiço idiota — resmungou uma voz familiar.

— Fê, é você? — sussurrei.

— Emma? — disse ela. — O que aconteceu? Num minuto eu estava naquela masmorra, e a próxima coisa que percebi foi um vento me agarrando, me batendo e me cuspindo. Onde estamos? Voltamos no tempo?

— Não tenho certeza — sussurrei. — Pssiu! Tem alguém aqui, e ele acha que está sonhando.

Acomodei Fê no ombro enquanto espiava pela escuridão, esperando algum vislumbre de luz. Não podia enxergar nada, até que levantei a cabeça e vi um redemoinho de cor subindo acima de mim — era o bafo de dragão ou alguma aparição fantasmagórica que decidira partir. Quando ela desapareceu através de uma forma axadrezada que só podia ser uma grade, eu soube que estávamos no calabouço, se bem que ainda não tinha ideia de *quando*.

Pensei em criar uma luz-das-bruxas ou usar o toco de vela para podermos enxergar, mas se eu fizesse isso talvez precisasse usar mais magia para convencer o homem de que ele estava realmente sonhando. Quanto mais eu pensava nisso, mais complicada a coisa parecia. Não, eu teria de me virar sem luz nenhuma.

Algo se mexeu no escuro.

— Fale! — disse a voz, parecendo mais um homem e menos um pesadelo. — Você está quieto demais para ser um sonho. Por que não canta para mim? No último sonho que tive, um menestrel cantou sobre um grande rei. Fez com que eu sentisse que estava lá, lutando contra dragões e coisa e tal. O que acha de uma canção assim?

Eadric falou:

— Eu gostaria de cantar, mas não sei nenhuma canção boa.

— Então eu canto uma — disse a voz. — Eu mesmo compus. É a história de por que estou aqui. Quer escutar? — A voz deu um risinho. — Olha só, estou perguntando a um sonho o que ele quer! — O homem começou a cantar, esganiçado e tão fora de tom que me deixou arrepiada.

Mandaram o velho Derwin pro buraco
Porque deixou um prato cair no chão
Ele esbarrou na coroa do rei,
E fez o maior barulhão.
O rei o mandou limpar
Como se fosse besteira.
Mas a princesa Hazel teve um chilique
E agitou a nação inteira.
Disse que estragou seu vestido novo
Com a comida esparramada
Disse que ele era um imbecil

Que não servia para nada.
Mandou-o para cá, sem comida
E disse que ele não ia engordar.
Que era um paspalho sem jeito...

— Ela mandou você para o calabouço porque você era desajeitado? Que horrível! — disse. Eu havia crescido sendo ridicularizada pela falta de jeito, e achava aquilo bastante ruim!

— É, mas o molho de ganso fez uma tremenda sujeira. Não posso culpar a princesa por ter se chateado.

— Mas jogar você no calabouço...

— É como você chama este lugar? Eu chamo de buraco.

— E foi a princesa Hazel que mandou você para cá? — perguntei. Se fosse verdade, então a maldição já devia ter acontecido. Ninguém com um fiapo de gentileza no coração mandaria uma pessoa para aquele calabouço. Eu não esperava que Derwin tivesse ouvido a maldição pessoalmente, mas nada permanece em segredo num castelo por muito tempo. Se as pessoas tivessem falado a respeito, ele deveria ter escutado, e então...

Derwin suspirou.

— Eu deveria ter sido mais cuidadoso. A princesa está num humor péssimo com todos aqueles pretendentes que vieram para a festa. Os parentes dela também vieram, ricos e pobres, e ela está se esforçando ao máximo para agradá-los. A nossa princesa Hazel é muito meticulosa e merece o melhor. Ainda que me mandar para o buraco pareça meio exagerado, a meu ver. Espero que me deixem sair quando a comemoração terminar e que simplesmente não se esqueçam completamente de mim. Mas ainda faltam mais dois dias, por isso não espero sair tão cedo. Quer ouvir o resto da canção? Ou talvez aquela sobre o sonho da ordenhadora, já que você também faz parte do sonho? É a mais comprida que já fiz, de modo que teremos de esperar que eu não acorde tão cedo.

Uma ordenhadora sonhou que podia
Ser princesa por um dia.
Fez uma coroa de flores
E um trono de feno fresco...

A festa ainda não acontecera; e eu havia chegado antes do que esperava. Agora teria de ficar por ali durante mais dois dias para descobrir exatamente o que a fada havia dito. Talvez o pouquinho de bafo de dragão não tivesse sido suficiente. Apertei os lábios e tentei pensar, mas não era fácil, com o canto de Derwin arranhando meus ouvidos.

— Não podemos ir agora? — perguntou Fê, me cutucando com a asa. — Não gosto daqui.

A morceguinha estava certa. Era hora de ir. Eu teria de pensar em alguma maneira de sair do calabouço e ir para onde pudesse me misturar às pessoas enquanto esperava pela festa.

— Faça um feitiço — disse Fê — e nos leve para outro lugar.

Concentrado em sua música, Derwin não parecia nos ouvir, mas não faria muita diferença, se ouvisse. Estávamos falando na língua de Fê, e eram grandes as chances de que ele não entendesse morceguês.

— Não é tão simples assim — respondi. — Não podemos aparecer do nada. Não dá para saber quem pode estar por perto.

— Não foi isso que acabamos de fazer? — perguntou Eadric.

— Aqui foi diferente. Derwin acha que está sonhando. Não queremos que mais ninguém nos veja até estarmos prontos. Preciso pensar num modo de sairmos daqui, mas não estou enxergando nada, por isso...

— Eu estou — disse Fê. — Vou mostrar o caminho. Se você fosse um morcego...

— É isso! — sussurrei. — Vou transformar nós dois em morcegos.

— Morcegos! — disse Eadric. — Não sei...

— Qual é o problema? — perguntou Fê. — Algo contra os morcegos?

— De jeito nenhum — respondeu Eadric depressa. — Os morcegos são bem legais.

Não sei por que eu nunca tinha virado morcego. Sempre admirei a capacidade de minha amiguinha se orientar no escuro e se pendurar de cabeça para baixo sem ficar tonta. E não seria difícil conseguir. Afinal de contas, não podia ser muito diferente de me transformar num pássaro, e isso eu já havia feito. Pousando Fê no chão, peguei a mão de Eadric e falei, murmurando um feitiço para nos tirar do calabouço, ainda que Derwin cantasse tão alto que duvido que percebesse mesmo se eu gritasse.

Pelo sedoso
E asas de membrana
Mude a forma
Que não será humana.

Nada de virar pássaros
Nem sapos queremos,
A partir de agora
Dois morcegos seremos.

Ainda que eu não visse nada, soube quando a mudança terminou porque me senti completamente diferente. Eu era menor, e meu corpo e a cabeça estavam cobertos de pelos macios. Uma pele se estendia entre meus dedos, que tinham ficado compridos e finos, o polegar era mais curto e ainda podia se mover livremente. A pele entre os dedos se esticava até os meus pés, formando asas. Mais pele conectava meus pés minúsculos, e os dedos dos pés tinham garras longas e curvas.

— Bom trabalho! — exclamou Fê. — Você é uma bela morcega, Emma.

— E eu? — perguntou Eadric.

— Não está nada mau, também — respondeu Fê, com muito menos entusiasmo.

Olhei para cima, esperando ser capaz de enxergar no escuro, mas tudo ainda parecia preto como piche.

— Por que não consigo enxergar? Pensei que os morcegos enxergavam no escuro.

— Enxergamos, mas não com os olhos. Nós fazemos um som, e ele forma uma imagem na nossa cabeça. Experimente. Você vai entender.

Tentei fazer todo tipo de som, mas nada de incomum aconteceu. Frustrada, finalmente fiz um sonzinho na garganta e me surpreendi quando o ruído voltou, menor e bem nítido. Uma imagem da parede à frente se formou na minha cabeça. *Engraçado*, pensei. Virando a cabeça, fiz o som de novo. Quando ele voltou desta vez, pude perceber que a outra parede estava mais longe. *Então é assim que a Fê consegue se guiar*. Mantendo a boca aberta, fiquei repetindo o som, até ter uma boa ideia das dimensões do calabouço. Nesta época não havia osso nenhum, e a parede de trás era forte e seca.

Eu havia localizado Derwin sentado junto à parede do outro lado do calabouço, onde ele estava cantando com grande empolgação. Quando fazia gestos com os braços, eu podia ver com a mente, ainda que não com os olhos.

Pude ver Fê e Eadric.

— Sei o que você quis dizer, Fê — exclamei. — É fantástico! Venham, vamos sair daqui.

— Finalmente! — exclamou a morceguinha.

Tentei mover as asas como tinha feito quando era um pássaro. Mas minhas asas de morcego eram muito diferentes, e demorei um tempo para pegar o jeito. Mesmo assim, não voei muito bem. Precisava aprender novos movimentos ao mesmo tempo em que ficava de boca aberta para poder fazer os sons e ver aonde estava indo. Era muita coisa para dominar de uma vez só, e por um tempo fiquei dando esbarrões no calabouço antes de começar a ter a sensação correta. Eadric também parecia ter problemas, mas pegou o jeito mais rápido do que eu.

Quando finalmente chegamos à grade no teto, fiquei aliviada por podermos passar com facilidade pelos espaços. Arrastei-me por um dos buracos, ainda fazendo os sons, e descobri que o calabouço ficava no fim de um pequeno corredor. Enquanto voávamos para fora da grade, pude ouvir Derwin cantando sua música, a voz esganiçada ficando mais fraca com a distância.

Chegamos a outro corredor, mais comprido do que o primeiro e com celas dos dois lados. Pelos sons que atravessavam as portas, pude perceber que muitas tinham prisioneiros. Eadric e eu tentávamos seguir o exemplo de Fê, voando pelo corredor ao mesmo tempo em que nos mantínhamos longe da luz trêmula de tochas ocasionais. Isso era bom, porque passamos por dois soldados do lado de fora da sala de guarda e tivemos de fazer um grande desvio de um deles, que parou para acender uma tocha.

A porta no topo da escada estava fechada. Olhamos com cuidado, mas não pudemos encontrar sequer uma abertura minúscula por onde escapar. Como não havia outras saídas da masmorra, tínhamos de esperar até que alguém a abrisse. Fê escolheu um ponto a meio caminho entre duas tochas, onde as sombras eram mais profundas, e mostrou a Eadric e a mim como ficar pendurados no teto com as garras dos dedos dos pés.

Minhas garras me mantiveram firme no lugar, e fiquei surpresa ao ver como era confortável permanecer de cabeça para baixo, pendurada pelos pés. Na verdade, era tão confortável que comecei a ficar sonolenta, e poderia ter dormido se um guarda não abrisse a porta no topo da escada, deixando entrar uma corrente de vento que agitou as tochas e nos balançou de um lado para outro. O guarda já estava fechando a porta quando passamos a toda velocidade e nos vimos num corredor mal-iluminado.

Precisávamos encontrar algum local discreto onde eu pudesse nos transformar de novo em humanos. O corredor dava num cômodo grande, com cheiro forte de ervas antigas misturado com alguns restos de lixo meio podre espalhados no piso. Era o Grande Salão, e era bem parecido com o Grande Salão do meu tempo, só que mais bagunçado. Um pequeno grupo de mulheres conversava num canto enquanto dois rapazes jogavam xadrez ali perto. Ao ver tanta gente, Fê disparou na direção de uma das janelas estreitas no alto da parede. Eadric e eu estávamos indo atrás quando uma mulher berrou:

— Aaaai, um morcego!

— É um bando! — gritou outra voz.

Ao ouvir as pessoas atrás de mim, tentei voar mais rápido e quase havia chegado à janela quando uma pera passou voando, esborrachando-se contra a parede e espirrando uma chuva de pedaços grudentos de fruta em cima de mim. Eles estavam jogando coisas contra nós! Virei-me, lutando para manter o equilíbrio, e vi Eadric se desviar de um sapato lançado por alguém.

— Ele está tentando se embolar no meu cabelo! — berrou uma garota, puxando a ponta do manto sobre a cabeça. Outras vozes femininas gritaram alarmadas enquanto tentavam cobrir o cabelo também.

Um sapato roçou as minhas costas, eriçando meus pelos. Fê já havia chegado à janela, mas eu tive de desviar, voltando para o salão. As mulheres berraram. Voei de um lado para o outro, esperando me pôr a salvo de qualquer outra coisa que atirassem em mim, enquanto ia na direção da outra janela. De repente, a palha seca de uma vassoura velha veio voando pelo ar, me lançando do outro lado do salão. Tentei me ajeitar, mas antes que pudesse me entender com as asas, caí num emaranhado frouxo e gorduroso.

— Está no meu cabelo! — gritou uma voz, tão perto que doeu nos ouvidos.

Lutei para me livrar, até que alguém começou a bater em mim. Cobrindo a cabeça com as asas, fechei os olhos, enrolei-me numa bola pequena e tentei pensar num modo de sair da confusão em que estava sem usar algo tão revelador quanto a magia. Se ao menos a mulher parasse de gritar!

— Peguei! — disse uma triunfante voz masculina enquanto uma mão se fechava ao meu redor, tirando-me do cabelo da mulher.

Meus olhos se abriram. O rosto corado de um rapaz de cabelos castanhos-claros estava me olhando.

— Veja só isso — disse ele a alguém ao lado. — Eu posso matá-lo com uma das mãos!

Minha reação foi automática, mas ainda que tivesse pensado a respeito, provavelmente faria a mesma coisa. Mordi seu polegar.

— Aargh! — gritou ele, e eu estava livre.

Não achei que tinha mordido com força suficiente para causar qualquer dano, mas verifiquei os dentes com a língua só para garantir. O gosto foi medonho.

Eadric estivera tentando me alcançar, mas outro rapaz o perseguia, lutando para prendê-lo num cesto de palha. Quando Eadric me viu, mudou de direção e me acompanhou até a janela em cujo parapeito Fê nos esperava. Antes de eu acompanhá-la para a luz do sol, parei para olhar para trás e fiquei surpresa ao ver que todo mundo havia fugido do salão. *Isso é que é passar despercebida*, pensei.

Sete

— Vocês precisavam dar bobeira, assim? — perguntou Fê. — Achei que estavam logo atrás de mim.

— Nós estávamos, mas aquelas pessoas tinham outras ideias. Precisamos ir para fora e... Ah! — O queixo de Eadric caiu enquanto olhava para além de nós.

Mesmo durante minha curta passagem pelo castelo, eu havia notado diferenças com relação ao meu tempo. A mobília era escassa, as roupas das pessoas eram mais simples. Mas a maior diferença estava do lado de fora. Diferentemente de nossa época, quando as flores eram proibidas nos arredores do castelo, eu as via crescendo em toda parte. Reconheci as rosas subindo pelas paredes e crescendo em enormes cercas-vivas, já que vira os chalés cobertos de roseiras na Comunidade de Retiro das Bruxas Idosas, mas não sabia o nome da maioria das outras flores.

Trepadeiras com botões roxos pendurados cobriam o castelo. Flores azul-escuras balançavam na beira do fosso, enquanto outras, pequenas, amarelas e com largas folhas verdes, flutuavam na água. Árvores pesadas com flores cor-de-rosa e brancas erguiam-se como fileiras de soldados esperando para ser inspecionados de cada lado da estrada, levando para longe da ponte levadiça. Ainda que eu não soubesse muito sobre essas coisas, parecia estranho tantas plantas florescendo ao mesmo tempo.

— Por que alguém plantaria flores em volta do castelo? — perguntou Eadric. — Elas tornam mais difícil a defesa.

Dei-lhe um tapinha na asa e apontei para o outro lado da estrada, onde cercas-vivas com rosas de um rosa profundo cresciam num labirinto intricado.

— Aquilo será perfeito — disse eu, pulando da janela.

Fê e Eadric me acompanharam enquanto eu voava para o labirinto, desviando-me de abelhas que zumbiam e de borboletas inebriadas de néctar.

— Perfeito para quê? — perguntou Eadric.

— Para nos transformarmos de volta, claro.

— Já? — perguntou Fê. — Mas a gente só estava começando a se divertir!

Quando passamos pela ponte levadiça, fiquei chocada ao ver que as trepadeiras se enrolavam nas correntes e na grade levadiça. Eadric deve ter visto isso também, porque suas asas hesitaram, e eu o ouvi murmurar sozinho.

Chegando ao labirinto, voamos junto às roseiras, até eu encontrar um nicho discreto, escondido até mesmo de quem olhasse da torre mais alta. Acomodei-me no chão e usei o feitiço usual para nos transformar de volta em humanos. Nem bem havia alisado o vestido nos quadris e ajeitado a bainha quando escutei vozes vindo pelo labirinto de arbustos. Eadric também escutou e pôs a mão no punho de Fred, mas balancei a cabeça, e ele afastou a mão.

— Por que Millie precisa de um vestido novo, mamãe? Não é o aniversário dela — gemeu alguém.

Espantada, Fê, entrou num trecho denso da cerca viva, onde nem eu podia vê-la.

— Sinto muito, Hazel querida — respondeu uma voz doce —, mas você vai querer que ela fique bonita na sua festa, não é? Você não vai querer que ela a deixe sem graça na frente dos convidados.

— Verdade, mamãe — disse uma voz mais suave. — Não preciso de outro vestido.

— Bobagem — respondeu Hazel. — Mamãe está certa. Você vai ganhar um vestido novo, mas não vai ser nem de longe tão bonito quanto o meu. Vai, mamãe?

— Claro que não, querida. Você é a aniversariante, afinal de contas.

— E não esqueça, Millie — disse Hazel, enquanto elas rodeavam a cerca viva — fique fora do meu caminho quando... nossa! Quem são vocês? — perguntou ela, vendo-nos pela primeira vez.

Hazel era linda, mas não era como eu esperava. Parecia uma flor, com pele de porcelana, bochechas róseas e feições delicadas. O cabelo louro e denso me lembrou o de mamãe. Seus lábios tinham o mesmo rosa profundo das rosas, e os olhos eram de um azul mais profundo do que o céu. Não se parecia nem um pouco com a Bruxa Verde da tapeçaria que decorava meu aposento.

A mulher mais velha, que andava junto de Hazel, usava um aro de ouro simples para prender o véu que cobria o cabelo. Mais baixa do que Hazel, era gorducha e tinha rugas de preocupação marcando a testa. Seus olhos eram verdes, não tão escuros quanto os meus, e eu podia reconhecer as semelhanças de família. Mas o rosto que realmente me surpreendeu foi o da garota que espiava por cima do ombro dela. A não ser pelo nariz petulante e sardento e o tom ruivo-cenoura do cabelo, que era muito mais luminoso do que o meu castanho-avermelhado, era como se eu estivesse me olhando no espelho.

— Eu perguntei quem são vocês — repetiu Hazel.

Fiz uma reverência e disse:

— Emma. — Na verdade não sabia direito como explicaria minha presença, já que não pretendera me encontrar com a família real. Tinha esperado falar com uma ou duas pessoas sobre a maldição e ir embora.

— Você deve ser uma das filhas de tia Frederika — disse Hazel. — Vocês são tantas! É difícil lembrar.

— Está bem acomodada, querida? — perguntou a rainha, sorrindo com gentileza para mim.

— Na verdade, não — respondi. — Acabei de...

A rainha franziu a testa e balançou a cabeça.

— Não diga que meu administrador não lhe deu um quarto. Lamento muito. Com todos os hóspedes, simplesmente não... Eu sei, Millie — disse ela, virando-se para a garota atrás —, você tem muito espaço em seu quarto. Sua prima pode dormir lá. Mandarei o administrador colocar um estrado lá em cima, antes do jantar.

A garota ruiva atrás dela sorriu timidamente para mim e confirmou com a cabeça.

A rainha se virou para Eadric, que estivera olhando Hazel com admiração óbvia.

— E você é...?

Eadric piscou e pigarreou.

— Sou o príncipe Eadric, amigo de Emma.

Hazel sorriu para ele com timidez afetada.

— Outro príncipe? Que bom. Você veio de muito longe?

— Mais do que você pode imaginar — disse ele. Eu poderia jurar que ouvi Fê rindo no arbusto atrás de nós, mas ninguém mais pareceu notar.

— Ah — exclamou Hazel. — Isso explica suas roupas estranhas. Talvez um dos outros príncipes possa lhe emprestar algo mais atraente. Teremos de arranjar um modo de colocar mais um estrado. — Ela me olhou de cima a baixo, demorando-se no meu vestido. — Mande uma túnica e um casaco para ela, mamãe. Essa *coisa* que ela está usando é muito estranha. Uma das suas damas de companhia deve ter algo que sirva.

— Tenho certeza de que poderemos arranjar algo... — começou a rainha.

— Mas ela é alta, não é? — disse Hazel, passando por mim. — E não imagino onde arranjou esse nariz.

— Devemos ser gentis com os desafortunados, querida — ouvi a rainha dizer enquanto ia rapidamente atrás da filha. Eu pude sentir um calor subindo às bochechas e soube que estava ficando vermelha. Algo que não acontecia havia muito tempo. Quando olhei para Eadric, ele estava espiando Hazel, meio atordoado.

— Não ligue para ela — disse Millie, dando um tapinha no meu ombro. — Minha irmã é assim com todo mundo.

— Sua irmã? — Ninguém havia me dito que Hazel tinha uma irmã, mais velha ou mais nova. Era uma pena que tantos detalhes da história de nossa família tivessem se perdido.

Millie suspirou.

— Acabei de fazer treze anos, por isso ela só é três anos mais velha, mas age como se tivesse vinte a mais. Venha comigo. Vou mostrar onde você vai dormir. Mandarei um pajem levar Eadric para conhecer os príncipes.

— Quantos príncipes estão aqui? — perguntou Eadric.

— Cinco — respondeu Millie. — Aquele quarto vai ficar apinhado.

Olhei em volta, esperando ver Fê, mas ela ainda devia estar escondida nos arbustos. Decidi que voltaria para encontrá-la assim que pudesse.

— É muita gentileza sua, deixar que eu fique no seu quarto — eu disse, acompanhando Millie pelo labirinto confuso.

— Ah, não me importo. Fico surpresa que não tenham posto alguém comigo antes. Mamãe costuma se esquecer de mim, e, quanto a Hazel... bem, às vezes eu gostaria que ela me esquecesse também. Mas eu não deveria reclamar. Você é de uma família grande. Imagino que seja pior ainda.

— Família grande? Não... — Parei, lembrando-me de que eu deveria ter um monte de irmãs. Se meus parentes do passado queriam acreditar que eu era filha da tia Frederika, eu não tentaria fazer com que mudassem de ideia.

— A ponte levadiça é por aqui — disse Millie, guiando-me entre duas filas de roseiras pesadas que pareciam exatamente como todas as outras pelas quais havíamos passado. Tínhamos saído do labirinto e estávamos passando pelas primeiras árvores floridas quando Millie exclamou:

— Ah, olhe, ali estão suas irmãs!

Qualquer esperança de eu me passar por uma das suas primas desapareceu no momento em que as vi. Um grupo de seis ou sete garotas — desde uma pouco mais velha do que eu até uma criancinha segurando a mão da mãe — se virou para nos olhar. Como a mãe, todas eram miúdas e com ossos finos; até a mais velha era razoavelmente baixa. Ainda que o cabelo da mãe fosse castanho-escuro, o de todas as garotas era ruivo, mas nenhuma tinha meus malares altos ou o nariz característico. Eu não sabia direito o que fazer, por isso balancei os dedos para elas num cumprimento e passei rapidamente, instigada por suas expressões de surpresa.

Fiel à sua palavra, Millie chamou o primeiro pajem que viu e o fez acompanhar Eadric até o aposento dos príncipes. Depois disso, Millie não disse outra palavra até chegarmos ao seu quarto. Fechando a porta, ela se deixou cair na cama estreita e se virou para mim com olhar decidido.

— Precisamos conversar — disse ela, batendo no cobertor ao lado.

Sentei-me na cama.

— Se for sobre Frederika...

— Não se preocupe — disse Millie. — Entendo perfeitamente. Você não é mesmo filha dela, é? Não achei que fosse.

Examinei seus olhos, esperando que ela entendesse.

— Quando Hazel disse...

— Hazel quase sempre está errada, mas ninguém admite. — Millie dobrou os joelhos de encontro ao peito e os abraçou. — Pode me contar a verdade. Sou boa em guardar segredo.

Balancei a cabeça.

— Você não acreditaria se eu contasse.

— Não importa. Acho que já sei. Tia Frederika não é sua mãe, mas aposto que o tio Markus é seu pai, e ele fez a esposa pegar você e criá-la como filha. Ela se ressente disso, não é? A expressão no rosto dela dizia tudo. Não se preocupe; isso acontece nas melhores famílias. Estou certa, não estou? — disse Millie, parecendo satisfeita consigo mesma.

— Você é esperta demais — falei, adorando o fato de ela ter encontrado sua própria explicação.

Millie suspirou.

— Na verdade, não sou. É só que toda família tem seus segredos. Alguns são mais fáceis de descobrir do que outros.

— Não diga que você também tem um segredo.

Millie virou a cabeça para o outro lado. Algo a estava perturbando, mas eu não poderia culpá-la se não quisesse contar. Afinal de contas, tínhamos acabado de nos conhecer. Eu já ia pedir desculpas por ser intrometida quando ouvimos uma batida na porta, e duas criadas entraram carregando um estrado e com os braços cheios de roupas. Elas não demoraram muito para arrumar tudo. Estavam indo embora quando uma delas olhou para meus sapatos e franziu a testa. Enquanto a porta se fechava, ouvi-a dizer à companheira:

— Viu os sapatos daquela garota? Parece que foram mastigados por um cachorro.

Enfiei os pés embaixo do corpo, esperando que Millie não tivesse escutado. Meus sapatos estavam arranhados e sujos de quando havia caído na masmorra, mas não achei que parecessem mastigados. Certamente nenhum dos cães do meu pai poderia fazer isso; quanto aos do rei Grunwald... Quando pensei nisso, percebi que não tinha visto nenhum cão desde minha chegada, ao passo que, no meu tempo, eles pareciam estar sempre junto aos nossos pés.

— Seus pais não permitem cachorros no castelo? — perguntei.

Millie balançou a cabeça.

— Hoje em dia, não. Mas não é ideia dos meus pais; é de Hazel. Ela não gosta de cachorros. Acho que tem medo de eles cavarem a terra de suas preciosas plantas.

— Ela tem mesmo um bocado de influência, não é? — perguntei. Eu não conhecia ninguém que pudesse fazer meu pai se livrar de seus cães prediletos.

— Geralmente Hazel consegue o que quer. Nem sempre foi assim, só desde que ela descobriu que conseguia fazer mágica. Agora meus pais têm medo dela e fazem tudo que podem para deixá-la satisfeita.

Fiquei chocada. As únicas pessoas na minha família que haviam tentado usar magia contra um parente estavam sob influência da maldição da família. A ideia de que alguém pudesse *querer* isso...

— Ela já usou a magia para prejudicar alguém?

— Até agora, não, mas vive sugerindo que poderia, se quisesse. Até a ameaça de parar com a magia basta para que as pessoas façam o que ela quer. Antes de Hazel descobrir essas habilidades, as colheitas do reino estavam acabando. Hazel mudou tudo isso. Eu só gostaria que ela parasse por aí.

— Então, na verdade, ela não fez nada contra ninguém?

— Eu não diria isso. Depois de ela perceber que tinha a capacidade de fazer mágica, ficou experimentando o tempo todo, e nem sempre foi gentil. Fazia trepadeiras me prenderem, só para se divertir. Às vezes, fazia crescer plantas espinhentas no chão do meu quarto durante a noite, para eu pisar nelas quando levantasse de manhã. Ela não me incomoda muito desde que aprendi a permanecer fora do seu caminho e deixei-a pensar que estava conseguindo o que queria.

— Mas ela nem sempre consegue o que quer, não é? — perguntei, vendo nos olhos de Millie uma sugestão de desafio e algo que eu não podia exatamente identificar.

— Não — disse ela, com um sorriso secreto curvando os lábios. — Não mais.

— Ela não usa a magia para nada produtivo, além de cultivar plantas? E quanto a proteger o reino e ajudar seus pais?

— Se ao menos ela fizesse isso! Todo mundo gosta de fingir que não, mas Grande Verdor está encrencado. Lobisomens andaram atacando as aldeias perto da fronteira, e ouvi meu pai falando com seus homens sobre vampiros. O pior ainda é que um dragão se mudou para uma caverna perto daqui. Papai mandou cavaleiros para lá, mas nunca mais os vimos de novo. Finalmente ele parou de mandar pessoas, mas sei que está esperando que um dos pretendentes de Hazel mate o dragão para nós. Mas isso não vai acontecer. Eles só querem comer nossa comida, beber nosso vinho e flertar com Hazel. Se bem que há um pretendente...

— O que é que tem?

— Seu nome é príncipe Garrido. É muito bonito, se você gosta de homens com cabelos louros ondulados, olhos cinzentos profundos e covinha no queixo. É um bom caçador. Todo dia, quando o tempo está bom, ele sai sozinho, mas nunca deixa de voltar com alguma caça. Garrido pode ser o único que teria chance contra o dragão. O príncipe Fenton disse que é bom nos torneios, mas não é a mesma coisa que lutar contra um dragão. E o seu amigo, o príncipe Eadric? É bom caçador?

— É sim. Ele foi caçar com meu pai muitas vezes, e sempre foram bem-sucedidos. Mas vocês não deveriam ter necessidade de mandar um caçador atrás do dragão. Não há ninguém que possa cuidar dele com magia?

Millie balançou a cabeça.

— Ninguém tentou, mas não seria má ideia — disse ela, com um olhar distante.

— Então há lobisomens, pelo menos um dragão e quem sabe o que mais no reino. Por que seus pais ainda vão dar a festa, com tudo isso acontecendo?

Millie deu de ombros.

— É o que Hazel quer, e o que Hazel quer...

— Hazel consegue! — dissemos em uníssono e rimos uma para a outra.

Millie presumiu que eu estivesse com vergonha de minhas posses magras e que não quisesse pegá-las em meio às coisas de Frederika, por isso me emprestou o que eu necessitava, pegando com outras pessoas o que não tivesse. Ao trocar de roupa parei de me destacar tanto, e comecei a relaxar e aproveitar. Naquela tarde, Millie me mostrou o castelo, apontando seus lugares prediletos para se esconder dos pais e da irmã. O castelo era menor do que no meu tempo, sem toda a parte de trás que meu avô tinha acrescentado. Eu fingi que nunca havia estado ali, soltando *ohs* e *ahs* para cada inovação que ela apontava e que me parecia tão fora de moda.

Fiquei pasma ao ver quantas flores haviam sido introduzidas no castelo, frequentemente de modo inadequado. As janelas maiores estavam cobertas de plantas floridas tão grandes que bloqueavam a maior parte da luz do sol, tornando o castelo escuro e triste por dentro. Subindo a escada da torre, descobri que as seteiras também estavam cheias de flores, muitas das quais reconheci a partir das folhas. Eu havia crescido colhendo plantas medicinais com tia Gramina, mas era proibida de tocá-las quando estavam floridas. Encontrar aspérula doce, tomilho selvagem, ligústica e prímulas crescendo nos nichos que os arqueiros usavam para defender o castelo me pareceu errado. Encontrei girassóis nas ameias, virando os rostos amarelos enquanto o sol atravessava o céu, trepadeiras de melões se entrecruzavam na pedra, obrigando-me a pisar com cuidado. Por causa de Hazel, o castelo era mais verde do que cinza; bonito, mas não prático.

Quando fomos jantar naquela noite, Millie teve o cuidado de me manter longe de meus supostos parentes, dizendo que tinha certeza de que eu ficaria desconfortável perto de Frederika. Em vez de nos sentarmos na mesa elevada, com os pais, a tia e o tio, ela me levou a uma mesa onde outros jovens nobres ocupavam seus lugares. Hazel viu para onde íamos e abandonou seu lugar com os pais, descendo do tablado. Sorrindo alegre para cada convidado por quem passava, a princesa Hazel empurrou a irmã de lado, ocupando um lugar no banco junto de um dos príncipes. As mesas de cavaletes estavam arrumadas em forma de U, com a realeza sentada na parte fechada, de modo que eu podia ver facilmente o rosto dos pais de Millie. Ainda que o rei Grunwald não parecesse notar, a rainha — cujo nome fiquei sabendo que era Angélica — observava com um olhar resignado as filhas quebrarem o protocolo, como se já tivesse visto tudo isso antes.

Eadric veio alguns minutos depois, conversando com um jovem nobre. Viu-me sentada perto de Millie e ocupou um lugar ao meu lado, depois de convencer um príncipe de cabelos cor de areia a mudar de lugar.

— Como você está se virando? — perguntei, enquanto pajens serviam o cozido de enguia e camarão de água doce.

— Tudo certo. O quarto é limpo e os príncipes parecem amigáveis. Aquele ali é o príncipe Fenton — disse ele, indicando o rapaz ao lado de Hazel. — Ele acompanha o circuito de torneios e não resiste a contar vantagem. — Eadric assentiu para o rapaz de cabelo escuro. — E aquele é o Jasper. Parece bem legal.

Quando Eadric apontou para o príncipe Fenton, reconheci-o como o monstro risonho que havia me capturado quando eu era morcega, ameaçando me matar com uma das mãos. Parecia afável sentado com Hazel e os príncipes visitantes, mas não conseguia deixar de estremecer a cada vez que olhava para ele.

Além dele, o único outro príncipe que parecia digno de nota era o que Eadric havia identificado como Jasper. Seu cabelo liso, castanho-escuro, ia até a altura do queixo, como a maioria dos homens de seu tempo. Os olhos se franziam quando sorria, e ele possuía um riso fácil, contagioso. Mesmo assim, eu provavelmente não o teria notado se Millie não passasse a maior parte da refeição espiando-o, virando-se para o outro lado com ar de culpa sempre que ele olhava em nossa direção. Com treze anos, a irmãzinha de Hazel era nova demais para se casar, mas não para pensar nisso.

— Onde está o príncipe Garrido, de quem você falou? — perguntei a Millie, olhando para a fila de nobres bem arrumados, em busca de alguém que combinasse com sua descrição.

Millie escolheu uma perna de leitão assado numa bandeja que ia passando e colocou-a no prato.

— Não está aqui. Nos dias em que vai caçar, ele só volta depois de anoitecer. O príncipe Garrido é o único pretendente de Hazel que contribui para a mesa. Acho que meus pais já o preferem, por causa disso.

Talvez Eadric devesse fazer a mesma coisa, pensei. Minha mãe se ressentia porque ele comia tanto, mas talvez ela não se incomodasse com suas longas visitas se Eadric fornecesse comida regularmente.

Eu estava me servindo de um pouco de beterraba quando dois pajens trombaram um no outro, quase jogando o monte de pratos no chão. Lembrei-me da cantiga de Derwin, sobre o que acontecera quando ele largou a bandeja.

— Millie — eu disse —, você conheceu um serviçal chamado Derwin?

— Como você conhece o Derwin? — perguntou ela. — É um dos nossos serviçais mais antigos.

— Você o tem visto ultimamente?

— Hmm — respondeu ela, enrolando uma mecha de cabelos no dedo. — Acho que não o vejo desde a noite em que ele derrubou o ganso em cima de papai. Foi meio engraçado. Até papai riu. A única que não riu foi Hazel. Ela não tem muito senso de humor.

— Ouvi dizer que ela mandou Derwin para o calabouço.

Talvez eu estivesse interferindo, mas algo precisava ser feito.

— Eu não sabia! Espero que o pobre velho esteja bem. Vou falar com papai sobre isso. Não havia necessidade de tratarem o Derwin desse modo!

Estávamos comendo o último prato, queijo e frutas, quando ouvi algumas mulheres sentadas ali perto, falando da criatura maligna que as havia atacado. Segundo uma delas, um ser horroroso cheio de baba, com olhos vermelhos chamejantes, tinha voado sobre o grupo, mostrando as presas que pareciam adagas. Demorei um tempo para perceber que ela estava falando de mim.

— Se não fosse o príncipe Fenton, todas podíamos ter sido mortas — disse uma jovem nobre, sorrindo para um lugar mais além das amigas, onde o príncipe estava se servindo de mais um pedaço de carne de cervo.

O príncipe olhou para o polegar enrolado num pedaço de pano limpo.

— Os morcegos são animais malignos — disse ele.

Cobri a boca para que ninguém visse meu sorriso, mas Jasper deve ter notado, porque me encarou e piscou. Alguns outros príncipes se viraram para Fenton e exigiram ouvir a história.

Eu estava preocupada com Fê, já que não tínhamos tido chance de planejar qualquer coisa antes que Eadric e eu a deixássemos. Só esperava que ela não estivesse apavorada demais, sozinha no labirinto desconhecido.

— Preciso de um pouco de ar puro — expliquei a Millie. — Vou dar um passeio no jardim.

Um malabarista estava passando junto à mesa, e Millie pareceu fascinada pelas bolas que ele jogava para o alto.

— Hmm? — murmurou ela. — Então é melhor eu ir com você. Não temos permissão de andar sozinhas à noite.

— Mas ainda não escureceu — falei, olhando pela janela.

Millie arrepanhou as saias e saiu do banco.

— São regras do meu pai. Há muitas feras perigosas na área. Eu lhe falei sobre os lobisomens.

— Eu posso ir com Emma — disse Eadric, passando as pernas por cima do banco, para se levantar.

— Então você não precisa ir, Millie — observei. — Eadric vai me manter em segurança.

Hazel franziu a testa para mim.

— Talvez devêssemos ir todos — disse ela. Dando-lhe seu sorriso mais doce, Hazel pegou o braço de Eadric e foi à frente. Era quase como se pensasse que eu havia lhe trazido outro pretendente. Não pude evitar uma pontada de ressentimento quando Eadric se curvou para ouvi-la falar.

Mordi o lábio e fui atrás, tentando não olhar irritada para Eadric e Hazel. Eu não queria companhia. Se um grupo de pessoas fosse comigo, eu não poderia falar com Fê. Quis dizer alguma coisa, mas todo mundo já estava se encaminhando para a porta. Só Jasper ficou para trás, como se me esperasse. Hazel olhou de volta. Fez Eadric esperar enquanto estendia a mão para Jasper e dizia:

— Você também pode me acompanhar. — Jasper olhou para mim e deu de ombros, depois passou o braço pelo outro braço de Hazel.

Millie cutucou meu cotovelo.

— Olhe para ela — sussurrou. — Hazel colocaria todos na coleira se pudesse, e provavelmente nem isso bastaria.

As sombras estavam se alongando enquanto nos aproximávamos do labirinto de roseiras, e o cheiro das flores pairava pesado no ar. Hazel pisava leve no caminho, rodeada pelos príncipes e algumas das jovens nobres sorridentes. Como Millie ia atrás de Jasper como um cachorrinho perdido, foi mais fácil ficar sozinha do que eu havia esperado. Só precisava me retardar até ficar para trás, depois virar na direção oposta assim que eles tivessem sumido.

As rosas eram lindas, mas, depois de um tempo, todas pareciam iguais. Eu não havia andado muito quando parei para olhar em volta.

— Fê! — chamei baixinho. — Onde você está, Fê?

Era meio cedo para os morcegos irem à caça, mas os mosquitos saíram mais cedo da sombra da cerca-viva. Eu podia apreciar um bom inseto, já que vivera como sapa durante um tempo, mas isso não significava que quisesse alimentá-los. Estava dando um tapa na bochecha quando Fê passou voando por cima da cerca e pousou no meu ombro.

— Onde você esteve? — perguntou ela, ajeitando as asas. — Fiquei aqui o dia inteiro. Mas não posso dizer que me incomodo. Eles criam uns insetos bons, suculentos, nesses arbustos.

Quando dei outro tapa no meu pescoço e examinei a mancha de sangue e o mosquito esmagado na palma, notei que meu anel havia sumido. Eu não devia ser a Bruxa Verde neste tempo.

— Então você não se incomoda de ficar aqui por alguns dias? — perguntei. — A irmã mais nova de Hazel está dividindo o quarto comigo, mas não creio que ela entenderia se um morcego ficasse conosco.

— Estou bem, aqui. Quando a gente passa pelas folhas e os espinhos do lado de fora, alguns arbustos destes têm espaços ótimos, frescos, no meio. Basta ficar parada um minuto, e os insetos vêm direto na nossa direção. E é um bom lugar para um cochilo.

— Se você tem certeza de que está bem...

— Claro, estou bem. Não é tão legal quanto uma caverna, mas uma morcega não pode ter tudo que quer.

— Vou tentar ver você pelo menos uma vez por dia. Precisamos ficar até depois da festa.

— Por mim está ótimo. Quando escurecer, talvez eu dê uma olhada por aí. De que adianta visitar um novo tempo se a gente não puder fazer turismo?

— Não vá muito longe.

Fê bateu as asas e subiu no ar.

— Não se preocupe comigo. Posso cuidar de mim mesma.

Depois de Fê ter se afastado, voltei por onde tinha vindo, mas acho que havia dado mais voltas do que pensei. Tudo parecia igual para mim, e eu poderia me perder, se Millie não tivesse aparecido.

— Fiz uma volta errada — expliquei, indicando o caminho.

Millie me deu um sorriso simpático.

— Isso acontece facilmente. Precisamos ir agora. Vão erguer a ponte levadiça daqui a pouco.

Eu podia escutar as vozes dos outros vindo através do labirinto, mas havia mais uma coisa incomodando para atrair minha atenção. Concentrei-me e percebi: uma levíssima sugestão de cheiro, um cheiro que eu havia esperado nunca mais sentir.

— Depressa — falei a Millie, pegando sua mão. — Precisamos entrar.

Uma mulher gritou, ou pelo menos pareceu uma mulher. No labirinto, houve gritos também, e escutei o som de pés correndo.

Millie tentou se soltar de mim.

— Alguém se machucou! Precisamos ajudar.

— Ninguém se machucou — afirmei, puxando-a atrás de mim enquanto ia na direção do castelo. — Aquilo foi uma harpia. Se há uma, há um bando inteiro. Elas raramente viajam sozinhas.

— Verdade? — disse ela, parando para olhar por cima do ombro. — Nunca vi uma harpia.

Puxei sua mão e fiz com que ela se mexesse de novo.

— Acredite, será melhor se você nunca vir.

Eu já vira harpias. Na verdade ainda tinha pesadelos com elas. Criaturas fedorentas com corpo de abutre e cabeça de mulher, no meu tempo elas haviam ocupado uma pequena aldeia em Grande Verdor, expulsando as pessoas que moravam lá. Depois de uma harpia ocupar uma casa, era necessário um esforço enorme para deixá-la suficientemente limpa para alguém viver lá outra vez. As harpias fedem mais do que gambás e deixam o odor no ambiente muito depois de terem ido embora. Eu tinha precisado de três dias e de um monte de magia para expulsá-las, e depois disso os aldeões continuaram se recusando a voltar. Se possível, era melhor mantê-las longe e não ter de limpar a sujeira depois.

Eu estava puxando Millie para a ponte levadiça quando a primeira harpia apareceu. Berrando sem palavras, girou baixando sobre nós. Eu teria usado minha magia para mandar a criatura embora, mas não queria que ninguém soubesse que eu era bruxa. Quando levantei as mãos para mantê-la afastada, um garoto vestido como empregado de estábulo gritou e veio correndo com um pedaço de pau. Balançando o pau, ele forçou a harpia que berrava a subir mais alto. Estávamos quase embaixo da grade levadiça quando a criatura começou a jogar cocô em cima de nós. Ela errou Millie e eu, mas acertou o garoto bem nas costas. E iria acertá-lo de novo se ele não continuasse correndo.

Assim que estávamos dentro, Millie e eu lhe agradecemos profusamente. Depois de ele correr para o estábulo, Millie disse:

— Aquele garoto nos salvou de um destino fedorento. Acho que ele merece uma recompensa.

Mesmo parecendo muito diferente de seu fantasma, a forma do nariz e a projeção do queixo eram semelhantes a ponto de eu reconhecê-lo. Era Hubert.

— Também acho — eu disse. — Na verdade, acho que ele merece uma medalha.

Eadric estava com Hazel e suas amigas quando as harpias atacaram. Segundo Hazel, quase uma dúzia de harpias nos haviam acertado com gravetos e torrões de terra. Eadric era o único que levava espada, e causou boa impressão com sua habilidade e bravura. Ouvi a história toda depois de eles chegarem ao castelo. A voz de Hazel era quase tão alta quanto as das harpias, quando se juntou a nós.

Todo o castelo ficou num tumulto enquanto soldados corriam para defender os portões e as ameias, serviçais corriam para pegar água no poço do castelo e a esquentavam para banhos, e todas as outras pessoas corriam atabalhoadamente, com perguntas aos gritos que ninguém parecia capaz de responder. Encontramos a rainha no Grande Salão, torcendo as mãos.

— Que ocasião para isso acontecer! — gemeu ela. — Temos um castelo cheio de hóspedes e mais ainda estão vindo!

— Onde está papai? — perguntou Millie, tentando atrair a atenção da mãe. — Preciso falar com ele.

A rainha segurou o braço da filha e apertou com força.

— Ah, não precisa não, mocinha. Você só iria ficar no caminho! Vai ficar aqui comigo até que isto acabe.

Ainda que eu entendesse como Millie devia estar frustrada, a interferência de sua mãe me ajudou. Eu precisava ir a algum lugar sem que ninguém me seguisse nem suspeitasse do meu sumiço. Com medo de que a rainha tentasse fazer com que eu também ficasse, enfiei-me no meio da multidão e fui para a escada que levava à torre inacabada.

As pedras estavam cheias de poeira, e a porta que levava à torre estava emperrada, mas, quando finalmente a forcei, tive o ponto de observação ideal. Soldados nas ameias do outro lado brandiam as espadas contra as harpias, que voavam para fora de alcance, acertando-os com cocô. Apesar de os arqueiros lançarem uma saraivada de flechas contra as mulheres-pássaros, só umas poucas acertavam. Um grupo de harpias estava concentrado nas fortificações logo acima do portão, mas eram tantas que achei difícil saber o porquê, até que uma harpia caiu e eu vi o rei cercado por seus cavaleiros. Uma espada brilhou e outra harpia caiu, fazendo o resto das criaturas recuar. Os cavaleiros se moveram em grupo, tentando escoltar o rei até a única torre pronta, onde era seguro.

Mesmo lembrando-me do alerta de Dispepsia sobre não mudar o passado, eu precisava interferir. Poderia não ser o meu tempo, mas era a minha casa, e eu não suportava vê-la tomada por harpias. Enquanto todo mundo olhava as criaturas monstruosas, escondi-me na porta da torre para recitar o feitiço em que havia pensado. Sabia como as harpias eram persistentes, por isso fiz o feitiço cobrir seu retorno, só para garantir.

Ó vento de lugares remotos
Nunca deixe as harpias virem para cá.
Se elas quiserem nos incomodar,
Leve-as para lá de Bagdá.

A princípio, senti uma brisa suave acariciando meu rosto e levantando o cabelo da minha trança, que havia se soltado. Em segundos era um vento suficientemente forte para arrancar o gorro da cabeça de um homem. Em menos de um minuto, precisei lutar para voltar ao cômodo da torre. As harpias, voando acima das ameias, foram levadas para longe enquanto eu me esforçava para fechar a porta. Pelo som dos gritos, o resto das harpias logo sumiu também.

Quando me juntei de novo às pessoas no Grande Salão, o rei e a rainha estavam sentados perto da mesa elevada, falando baixo. Os dois levantaram a cabeça quando um dos seus cavaleiros se aproximou.

— Majestades — disse o cavaleiro —, as harpias se foram.

— Mas como? Por quê? — perguntou o rei.

— Foi o vento, senhor. Levou-as para longe.

— Vento? Isso não faz sentido, homem. Hoje não ventou.

— Começou de repente, senhor, e já parou.

— Você não acha que foi magia, acha? — perguntou a rainha Angélica.

O rei assentiu.

— Deve ter sido.

— Então deve ter sido coisa de Hazel.

— Onde está Hazel? — perguntou o rei. — Gostaria de falar com ela.

— Trancou-se em seu aposento — disse uma das jovens damas que haviam seguido a princesa ao labirinto — e recusa-se a sair.

— Então fez a magia lá — respondeu o rei. — Devo agradecer a ela.

— Não sei o que teríamos feito sem aquela garota maravilhosa! — exclamou, empolgada, a rainha.

— Vamos — sussurrou Millie, vindo atrás de mim. — Se eu tiver de ouvir mais dessas coisas, vou vomitar.

Acompanhei Millie subindo a escada até seu quarto. Nós nos preparamos para dormir, e Millie foi dar boa-noite aos pais. Quando voltou, disse que Hazel tinha mantido a porta trancada, recusando-se a sair até que os pais lhe garantissem que as harpias haviam ido embora.

— Ela bloqueou as janelas com roseiras — disse Millie. — O perfume delas era tão forte que deu dor de cabeça em todo mundo. Meu pai não acha mais que foi ela que nos livrou das harpias.

— Verdade? — perguntei, tentando parecer surpresa. — Então quem ele acha que foi?

— Pois é. Ninguém sabe. Talvez tenha sido um dos príncipes. Não sabemos muito sobre eles. Era isso que eu queria conversar com você. Odeio lhe pedir um favor, já que você é hóspede, mas preciso da sua ajuda.

— O que você precisa que eu faça? — perguntei.

— Hazel deve anunciar na festa o nome do pretendente que escolheu. Quando fomos passear, ela estava conversando com Fenton sobre as vitórias dele nos torneios, por isso não ouviu os outros príncipes, mas eu ouvi. Eles não disseram exatamente nada de errado, e sei que estavam brincando, mas falaram algumas coisas que me fizeram imaginar por que estão pedindo a mão dela. Será que há pelo menos um deles que a ama? Eu me sentiria melhor se pudéssemos descobrir o que eles querem de verdade.

— Vou conversar com o Eadric. Como ele está dividindo o quarto com os príncipes, talvez possa descobrir mais sobre eles.

Millie suspirou.

— Obrigada. Pelo menos é um começo. — Sua cama deu um estalo enquanto ela se virou.

Continuei acordada, pensando, muito tempo depois de a respiração de Millie ficar suave e tranquila. Ela era uma garota doce, e nós duas tínhamos nos dado bem. Além disso, ela era minha parente, ainda que distante. Se precisava da minha ajuda, eu me esforçaria ao máximo.

Enquanto estava na cama, desejando dormir, ocorreu-me que talvez houvesse mais coisas que eu poderia fazer, além de descobrir qual fora a maldição. Talvez pudesse fazer alguma coisa com relação à própria maldição. Talvez pudesse impedi-la de ser lançada. Eu já sabia que Hazel tinha ofendido a fada deixando de lhe dar um buquê eterno. Não deveria ser difícil impedir que isso acontecesse. Ela só teria de fazer mais buquês — o bastante para dar a todo mundo, inclusive a todas as fadas. Se eu acabasse com a maldição antes de ela acontecer, vovó e Gramina jamais teriam ficado más, vovô não teria morrido na masmorra, Gramina poderia ter se casado com Haywood, e eu poderia me casar com Eadric. Parecia a solução perfeita para os problemas de todo mundo. Lembrei-me do alerta de Dispepsia sobre os perigos de alterar a história, mas não era difícil me convencer de que o tipo de mudança em que eu estava pensando não poderia prejudicar ninguém. Acreditando que eu tinha a melhor ideia até então, caí no sono, livre de preocupações pela primeira vez em meses.

Oito

Quando descemos na manhã seguinte, o Grande Salão estava vazio, a não ser por alguns pajens polindo espadas. Eu havia esperado ver o esquivo príncipe Garrido, mas, quando perguntei a um dos pajens onde poderia encontrá-lo, disseram-me que o príncipe já fora caçar.

O desjejum no castelo não era organizado, já que a maioria das pessoas preferia esperar o almoço ao meio-dia. Mas Millie e eu estávamos com fome, por isso pegamos tigelas de mingau na cozinha. Tínhamos acabado de comer quando a rainha Angélica levou Millie para ver seu vestido novo. Sozinha, fui procurar Hazel, disposta a fazer o que fosse necessário para garantir que ela estivesse pronta para todos os convidados de sua festa. Finalmente a encontrei quando ela estava saindo dos aposentos da mãe. Mal me olhou enquanto passava.

— Hazel — disse eu, correndo atrás dela. — Queria lhe perguntar como estão os preparativos para sua festa.

Ela se virou para me olhar, enrolando os lábios de um modo que me fez lembrar da minha mãe.

— Pergunte ao intendente do castelo. Tenho coisas mais importantes para fazer com meu tempo.

— Eu só quis dizer que gostaria de ajudar — falei enquanto ela começava a ir andando.

Ela me olhou de cima a baixo e disse:

— O que você poderia fazer?

— Ajudar com os enfeites, acho. Ou talvez com os presentes para os convidados.

— Presentes para os convidados? — perguntou, franzindo a testa ligeiramente. — Pensei em dar alguma coisa enfeitada com flores, claro, e acho que também vou dar flores. Sou conhecida pelo meu dedo verde, veja bem — disse ela, estendendo a mão esquerda. Seu polegar era mesmo verde, o mesmo tom de verde da pele de algumas ninfas da floresta que eu já vira. Imaginei se o sangue de uma ninfa da floresta correria em suas veias. — As pessoas vêm me procurar, de todos os reinos próximos, quando precisam de ajuda com as plantações. Se eu lhes der flores, talvez um buquê eterno, elas se lembrarão de como precisam de mim.

— Tenho certeza de que todo mundo vai adorar. Quantos você planeja fazer?

— Por que você quer saber?

— Só quero ajudar. Provavelmente seria boa ideia fazer alguns extras. Nunca se sabe quantos convidados vão aparecer no último minuto.

— Não precisa se preocupar. Tenho certeza de que vai haver o suficiente para você também ganhar um.

— Não foi isso que eu quis dizer...

— Ela é um tanto gananciosa, não é? — disse Hazel a uma das damas de companhia de sua mãe. — Mas os parentes mais próximos costumam ser assim. — Em seguida, deu um riso de desprezo para mim, depois virou a cabeça e foi andando.

Tentei não deixar que sua atitude me perturbasse. Não era tanto o modo como ela me tratava, mas o conhecimento de que essa garota era minha ancestral. Eu sempre quisera acreditar que meus ancestrais eram pessoas melhores do que provavelmente haviam sido.

Depois de falar com Hazel, senti necessidade de ver um rosto amigável. Millie ainda estava ocupada com a mãe, e eu não pude encontrar Eadric em lugar nenhum, então decidi visitar Fê. A não ser pelo zumbido das abelhas, o labirinto estava silencioso quando cheguei. Fê não veio imediatamente quando a chamei, e eu estava começando a imaginar se algo teria acontecido com ela quando a morceguinha finalmente apareceu.

Pousando numa rosa totalmente aberta que se dobrou sob seu peso, Fê abriu a boca para bocejar, depois disse:

— O que foi?

— Desculpe se acordei você. Queria saber como foi sua noite. Você disse que talvez fosse explorar por aí.

A morcega se balançou sobre os pés como fazia quando estava empolgada.

— Foi fantástico! Fui à floresta. É maior do que no nosso tempo. Há menos fazendas entre aqui e lá, e muito mais lugares onde um morcego pode viver. E um monte de insetos também. Eu estava perseguindo um vaga-lume quando o conheci.

— Você conheceu um inseto?

— Claro que não! Simplesmente o morcego mais lindo que já vi. Ele estava caçando o mesmo vaga-lume, mas me deixou pegá-lo. Um perfeito morcelheiro, sem dúvida. Eu queria que você o conhecesse. Você iria gostar dele; tenho certeza.

Tive de sorrir.

— Um morcelheiro. Que ótimo!

— Ele me mostrou tudo por aí. Vimos a cachoeira onde as ninfas da floresta lavam o cabelo e o círculo onde as fadas dançam. Perdemos a primeira apresentação, e os músicos estavam fazendo uma pausa quando chegamos, por isso esperamos que elas voltassem. As dançarinas eram tão graciosas e com os pés tão leves!

— Elas têm asas, não têm?

— Verdade. De qualquer modo, só voltei quando estava quase amanhecendo. Bisô me trouxe de volta.

— Bisô?

Fê baixou a cabeça como se estivesse sem graça.

— Foi como eu o chamei, e ele não pareceu se incomodar. Ele é muito bom em pegar besouros.

— Hmm — disse eu, olhando minha amiguinha arrumar as asas, como eu nunca a vira fazer antes. — Acha que vai vê-lo de novo?

Fê balançou a cabeça para trás e para a frente.

— Ele vai voltar esta noite. Vamos assistir à corrida de unicórnios no Vale de Prata e depois vamos comer besouros.

— Então é melhor você descansar. Parece que vai ser necessário.

Ainda era cedo, por isso fui dar um passeio pelo castelo, admirando a variedade de flores que cresciam na beira do fosso. Depois de um tempo, ouvi o som distante de metal batendo em metal. O ruído ficava mais alto à medida que eu me aproximava do campo de treino onde os príncipes mostravam suas técnicas de luta com espadas para um grupo de escudeiros não muito mais novos do que eles próprios. Jasper estava corrigindo a postura de um escudeiro quando levantou a cabeça e me viu. Ele sorriu e acenou antes de se virar de novo para o aluno.

Notei Eadric ao mesmo tempo em que ele me viu. Pedindo licença aos companheiros, ele me acompanhou no passeio.

— Millie quer saber mais sobre os príncipes — eu disse. — Ajudaria se você ficasse de olhos e ouvidos abertos para descobrir o que puder.

Eadric riu.

— Não vai ser problema. Dá para aprender um bocado sobre as pessoas quando somos cinco apinhados num quarto pequeno. Já sei quem ronca e quem não gosta de tomar banho. E Garrido deve ter algum tipo de problema intestinal.

— Quer dizer que você o conheceu?

Eadric confirmou com a cabeça.

— Ele chegou ontem à noite e saiu do quarto pouco depois. Estávamos todos dormindo, mas meu estrado fica tão perto da porta que eu acordo toda vez que alguém sai do quarto. O coitado só voltou quando estava quase amanhecendo.

— Talvez tenha sido alguma coisa que ele comeu.

— Talvez. Puxa, você deveria ver alguns dos presentes de aniversário que os príncipes trouxeram para Hazel. Jasper trouxe uma taça...

— Esqueci do presente! Precisamos dar alguma coisa para ela!

— Do mercado mágico? — perguntou Eadric.

— Não temos tempo para isso. Temos de fazer.

Eadric coçou o queixo.

— Acho que eu poderia arranjar madeira e esculpir uma fivela...

— Não faz mal — falei revirando os olhos. — Vou pensar em alguma coisa.

— Diga. Por que você fica fazendo careta para mim desde que chegamos aqui? Parece que está com raiva na metade do tempo.

— Não fico fazendo careta! Só não estou feliz com o modo como você tem se comportado.

— Como assim? — perguntou Eadric, fazendo um muxoxo. — Estou me esforçando ao máximo para me integrar. Ajudei a lutar contra as harpias e passei a maior parte do tempo livre dando aulas aos escudeiros. O que mais você quer de mim?

— É maravilhoso, mas não é disso que estou falando. É o modo como você se liga em tudo que Hazel diz e deixa que ela sussurre no seu ouvido. Você gosta mesmo dela, não é?

— Hazel? Você só pode estar brincando! Claro, ela é bonita, mas tem tanto recheio quanto um pastel da sua cozinheira, e nem de longe é tão doce. A garota só pensa em si mesma. Sabe que Hazel queria que eu me sentasse aos pés dela cantando canções sobre sua beleza, quando eu já havia prometido aos escudeiros mostrar como rastrear lobisomens? Precisei mentir e dizer que não conseguia nem cantarolar, até que ela me deixou em paz.

— Quer dizer que você sabe cantar?

— Claro, quando preciso. Mas que negócio é esse? Você acha que dei atenção demais a Hazel?

— Você não parece se incomodar com o modo como ela lhe faz elogios, toca seu braço ou sua mão.

— Estou tentando me integrar, lembra? Veja o Fenton, ou qualquer outro dos príncipes, e como eles agem quando estão perto dela. Não passo tanto tempo com Hazel quanto eles.

— Mas eles são pretendentes dela. Você deveria ser o meu!

— E sou — disse ele, puxando-me para seus braços.

A família real estava sentada para almoço quando nós voltamos ao castelo. Ocupei um lugar entre Eadric e Millie de novo, com Hazel do outro lado de Eadric. Hazel fez um grande estardalhaço elogiando Eadric por ter enfrentado as harpias, e notei que ela apertou os músculos dos braços dele mais de uma vez. Trinquei os dentes e não disse nada, nem quando Hazel tirou pedaços de comida do próprio prato e pôs no dele. Mas quando se ofereceu para mostrar os jardins a ele, não pude me conter e disse:

— Ele já viu os jardins comigo.

Hazel fez cara de desprezo.

— Não seria a mesma coisa, Emma querida. Eu conheço todos os segredos dos jardins. Poderia mostrar coisas que ele nunca viu.

— Aposto que sim — murmurei dentro da minha caneca de cidra.

Um serviçal idoso carregou uma bandeja por toda a extensão da mesa, oferecendo a todo mundo uma fatia de cordeiro cozido.

— Derwin parece estar bem, agora, não é? — disse Millie, usando a faca para indicar o velho. — Mandei lhe darem um banho quando o tiraram do calabouço. Acho que foi o único banho que ele já tomou na vida.

— Obrigada — agradeci. — Tenho certeza de que todo mundo aqui aprecia sua bondade.

Eu estava escutando Millie descrever seu vestido novo quando houve uma balbúrdia do outro lado do salão. Um dos guardacaças do rei estava tentando passar por um soldado que parecia decidido a impedi-lo de entrar.

— Você não pode falar com ele agora — disse o soldado.

— É uma emergência, estou dizendo — insistiu o guarda-caça. — O rei Grunwald precisa saber.

— Saber o quê? — perguntou o rei, de cima do tablado.

— O dragão voltou, majestade. Foi visto carregando um touro de primeira. Achamos que ele comeu o fazendeiro.

O rei Grunwald pousou a coxa de galinha que ele estivera devorando e ficou de pé.

— Preciso de voluntários — disse olhando diretamente para a fila de príncipes. — Alguns rapazes corajosos, hábeis na luta, que não tenham medo de enfrentar um dragão. Quem, dentre vocês, é homem o bastante para matar a fera imunda?

Um príncipe desviou os olhos, como se o fato de encarar o rei o comprometesse com a caçada. Outro fingiu estar ocupado com a comida, como se não tivesse escutado nenhuma palavra dita pelo rei. Só alguns jovens se levantaram, dentre eles Eadric, Fenton e Jasper.

— Eu vou, senhor — disse Eadric. — Preciso do treino.

Fenton fez um som grosseiro e disse:

— Eu vou, senhor, para provar que sou digno da mão da princesa Hazel.

— Eu vou, senhor — disse Jasper —, para livrar o campo de um flagelo terrível.

— Eu vou, senhor — disseram dois cavaleiros.

— Pela honra — disse um.

— Pela glória — disse outro.

— Pelo amor de Deus — sussurrei a Millie. — Todos precisam ser tão dramáticos?

— Talvez sejam mais corajosos do que eu pensava — murmurou Millie. — Imagine, matar um dragão!

— Ainda não lutaram com ele. Acho que deveríamos guardar o julgamento até virmos o que eles farão de verdade.

— Mas esses rapazes corajosos vão arriscar a vida!

— Talvez — respondi, pegando um pedaço de pão. De certa forma, eu estava dividida. No meu tempo, eu tinha amigos dragões, por isso sabia que nem todos eram maus, mas um dragão vivendo tão perto do castelo poderia causar encrenca. Ainda que não quisesse ver o dragão sendo ferido, também não desejava que nenhum dos príncipes se machucasse, principalmente Eadric. Mas, afinal de contas, eles não precisariam lutar, se eu pudesse impedir.

Depois do almoço, Eadric e os outros príncipes saíram do Grande Salão para pegar seus cavalos e armas. Eu me afastei de Millie enquanto ela estava falando com os pais e fui até o jardim. Havia pensado em discutir meus planos com Eadric, mas sabia que ele insistiria em ir sem mim e cuidar da situação sozinho, e esta era a última coisa que eu desejava.

Apesar de Eadric ser o homem mais corajoso que eu conhecia, era mais provável ele balançar Fred, sua espada, na cara do dragão do que falar comigo. Mesmo depois de termos ficado amigos de uma ótima família de dragões, Eadric acreditava que eram exceção, e que a maioria deles eram monstros terríveis que mereciam ser mortos. Havíamos discutido isso muitas vezes, mas nenhum de nós queria ceder.

Novamente me lembrei do alerta de Dispepsia, mas como já interferira expulsando as harpias, não achei que me livrar de um dragão seria tão ruim. Não era o mesmo que matar alguém. Se tudo acontecesse do modo certo, eu estaria salvando vidas, ainda que tivesse de correr para fazer isso. Para que ninguém, humano ou dragão, fosse ferido, eu teria de ser a primeira a confrontar o bicho. Eu levava comigo um unguento especial que me protegeria das chamas do dragão. Mais importante ainda, eu era Amiga de Dragão. Numa tenda na Olimpíada dos Dragões, eu recebera o título depois de passar num teste que poderia ter retirado meus poderes mágicos. Eu não tivera antes nenhuma necessidade de verificar, mas esperava que os dragões tivessem me dito a verdade quando afirmaram que o título me garantiria o respeito dos dragões em toda parte.

Querendo passar o mais despercebida possível, escondi-me num local discreto do labirinto e peguei minha bola de ver longe, focalizando-a em todos os lugares ao redor do reino, onde achei que um dragão poderia espreitar. Uma bola de ver longe é algo prático de se ter, mas possui limitações. Você pode usá-la para ficar de olho em alguém que a tocou recentemente ou para ver lugares que você visitou. Conseguir que ela faça qualquer outra coisa não é fácil.

Decidi procurar em lugares onde eu tinha visto dragões no meu tempo. Quando focalizei a floresta encantada, vi grifos roçando o topo das árvores e unicórnios dando cabeçadas, mas nada de dragão. Havia espíritos da água espadanando no riacho, fadas cochilando sob pétalas de flores e filhotes de lobisomens brincando de lutar, mas nenhum dragão.

— Hmm — murmurei, e voltei a atenção para as Montanhas Púrpura. No fundo de uma caverna onde um dia o rei dragão guardaria seus tesouros, não vi nada além de morcegos pendurados pelos pés na escuridão. Olhei para uma gigantesca arena de laterais altas, onde, no futuro, os dragões fariam suas olimpíadas. Por enquanto, não havia dragões.

Quando Eadric e eu procurávamos um dragão verde, eu não tinha experiência nem poder suficiente para usar um feitiço com o objetivo de encontrá-lo. Agora isso era quase tão fácil quanto respirar. Aninhando na mão a bola de ver longe, falei:

Dentes afiados e garras ferozes,
Bocarra enorme e escamas atrozes.
Encontre o dragão que estiver aqui perto,
Que a imagem revele o bicho certo.
Mostre o caminho até o dragão arisco;
Neste momento há muito em risco.

A imagem de um dragão tomou forma na bola de ver longe. Dormindo numa caverna, o dragão se mexia inquieto, sonhando. Não havia luz suficiente para ver sua cor nem qualquer coisa com que compará-lo nem para indicar seu tamanho. Enquanto eu olhava, a imagem mudou, afastando-se do dragão e saindo da caverna. Vi uma ravina íngreme, uma encosta coberta de árvores e um caminho pisoteado por pés com garras de tamanho suficiente para rasgar o chão. O caminho atravessava a floresta até sumir em meio às árvores. Mas a imagem continuou, mostrando uma abertura entre as árvores aqui, uma trilha de cervos ali, até encontrar uma estrada cheia de sulcos feitos por rodas de carroças. Agora a imagem na bola de ver longe movia-se mais rápida, seguindo a estrada que passava entre árvores e plantações, ficando mais larga e firme quando encontrou outra estrada. Reconheci a área; a encosta do morro e o afloramento de rochas não havia mudado muito em algumas centenas de anos.

Enquanto a imagem se dissolvia, recitei o feitiço para me transformar em pomba. Demorou só um instante, mas mesmo assim o primeiro príncipe apareceu quando eu estava pronta para ir embora. Usando uma armadura amassada, mas em condições razoáveis, o príncipe Jasper montava um corcel mais velho, um enorme cavalo de batalha criado para carregar o peso de um homem coberto de metal. O pouco que eu podia ver do cavalo era de um castanho-dourado. Ele também usava uma armadura simples, sem enfeites, e se movia com passo firme e objetivo.

Decolei no instante em que o príncipe Fenton chegou montado num cavalo agitado, que mais empinava do que andava. Totalmente preto, o cavalo usava uma armadura combinando com a do príncipe. As duas eram decoradas com dois leões e uma águia, lustrosas a ponto de doer nos meus olhos.

Passei voando pelo príncipe Jasper, seguindo a estrada e deixando os cavalos com armaduras levantando poeira atrás. Ansiosa para cuidar do dragão antes da chegada dos príncipes, voei o mais rápido que pude e estava exausta antes de chegar à floresta. A primeira árvore que vi foi um carvalho antigo, e parei para descansar num dos galhos mais baixos, deixando o coração acelerado chegar a um ritmo mais constante. Decolei de novo quando ouvi o ruído das armaduras dos cavalos e imaginei como os príncipes podiam achar que pegariam um dragão despercebido.

Encontrei imediatamente a trilha de cervos e estava me aproximando da abertura nas árvores quando ouvi um fungar. Com cuidado, diminuí a velocidade e me desviei da trilha ao mesmo tempo em que a mantinha à vista. Quando vi o ser que fazia o som, fiquei feliz por não ter ido direto em frente. Um grifo do tamanho de um pequeno dragão estava sob a carcaça de um javali, rasgando o couro do animal com seu bico maligno e curvo. As asas do grifo estavam sujas de sangue e o corpo, parecido com o de um leão, arfava devido ao esforço, mas ele não estava tão cansado para levantar a cabeça enquanto eu voava pelo outro lado da clareira. Chegando às árvores, tentei colocar o máximo de distância possível entre mim e a criatura com olhos de águia. Estava convencida de que seria arrancada do ar, por isso voei mais longe do que pretendia e não diminuí a velocidade até que quase entrei num bosque de espinheiros densos. Enquanto ia mais devagar, percebi duas coisas: o grifo não estava me seguindo e eu estava perdida.

Demorei um tempo para me orientar e descobrir o caminho do dragão. Eu não o encontraria se não tivesse visto um tronco de árvore queimado. Havia outro depois, e em seguida a maioria dos troncos estava queimada e despedaçada. Grandes sulcos rasgavam o chão, como se criaturas enormes tivessem passado por ali, e alguns pedaços de armadura meio derretida me disseram que pelo menos uma das batalhas fora entre o dragão e um cavaleiro.

Os danos iam ficando mais extensos à medida que eu continuava, até que as árvores deram lugar a uma fenda com uns quatro metros de largura e uns seis de altura. Pude ver a abertura da caverna do dragão do outro lado da fenda. Infelizmente, o guarda-caça do rei Grunwald devia ter dado boas informações, porque Jasper e Fenton também haviam chegado. Estavam montados em seus cavalos no limite das árvores queimadas, as armaduras sujas de fuligem, olhando para a abertura da caverna. Ainda que eu me sentisse aliviada porque Eadric não estava ali, esperava que ele não tivesse se perdido.

O cavalo de Jasper se manteve firme, mas o de Fenton estava agitado, dançando de lado e se recusando a continuar. Quando Fenton tentou instigá-lo, o cavalo firmou as patas traseiras e levantou a cabeça, empinando a cada vez que o príncipe puxava as rédeas.

— Cavalo desgraçado — murmurou Fenton. Por fim, com movimentos rígidos e um bocado de esforço, Fenton recuou seu cavalo para longe da fenda e lutou para desmontar.

Pousei no galho enegrecido de uma árvore ali perto. Mesmo sendo tarde demais para conversar com o dragão antes da chegada dos príncipes, eu ainda poderia garantir que ninguém se machucasse.

Eu estivera olhando para Fenton, por isso não notei que Jasper já havia desmontado e amarrado as rédeas do cavalo num galho.

— Saia, seu verme covarde! — gritou Jasper, e eu me virei e o vi brandindo a espada e o escudo na beira da ravina.

Houve um estranho som soprado, vindo da caverna, e um tufo de fumaça cor-de-rosa brotou da entrada.

— Ainda não estou pronto, Jasper! — gritou Fenton, apeando do cavalo. — Espere por mim! Eu só...

Um rugido vindo da fenda quase me derrubou do meu poleiro. O cavalo de Fenton disparou, galopando pela floresta com o dono pendurado na lateral, lutando para permanecer montado. Vi Jasper recuar um passo, depois levantar a espada acima da cabeça. Voando mais para o alto da árvore, olhei pela fenda. Chamas incandescentes haviam queimado cada galho e folhagem, dando uma visão desimpedida da cabeça enorme que emergiu um instante depois.

Eu tinha visto muitos dragões, e alguns deles possuíam escamas lindas como pedras preciosas, mas as escamas deste dragão eram de uma cor particularmente feia. Um amarelo lamacento, desbotado. Pareceu ainda pior quando saiu da caverna para a luz do sol e levantou a cabeça para olhar Jasper, irritado. O dragão era um tanto pequeno, de aparência meio precária, com escamas faltando ou danificadas e asas em mau estado. As pernas eram rígidas quando ele corria, como se as juntas doessem. O bicho abriu a boca e vi que os dentes eram tortos; e faltavam alguns.

Quando o dragão sugou o ar pela boca escancarada e puxou as asas para trás, eu soube que ele ia soltar fogo. Sem escudo ou armadura para me proteger, pulei no ar, voando muito acima da fenda.

Segurando o escudo na frente do rosto, Jasper pulou de lado enquanto a chama lambia o chão aos seus pés. Ainda que mortal, a chama não era muito comprida, e no fim ia diminuindo até um magro fiapo de fogo. Meu amigo dragão, Ronca-Pança, ficaria sem graça se soltasse um fogo daqueles.

— Espere aí! — gritou Fenton na floresta. — Estou indo! Esse cavalo desgraçado não quer parar!

Vendo o príncipe ainda de pé, o dragão começou a subir pela lateral da fenda, bufando vapor cor-de-rosa enquanto corria com um passo meio desajeitado. Jasper saltou para trás da árvore mais próxima o mais rápido que sua armadura permitia. Achei que ele estava correndo para longe, até que parou e levantou a espada. O tronco estava queimado quase até o cerne, a árvore obviamente morta, mas como era larga na base e ainda estava de pé, servia como um bom escudo.

O clangor de metal veio por entre as árvores.

— Estou quase chegando! — gritou Fenton, parecendo sem fôlego mesmo à distância.

O dragão fungou, e saíram chamas de suas narinas.

— Venha, seu verme — provocou Jasper. — É só isso que você consegue fazer?

Enquanto o dragão corria, pude ouvi-lo sugando ar para os pulmões, e ele começou a soltar chamas enquanto ainda estava longe demais para alcançar a árvore. Com o escudo levantado, Jasper se agachou atrás do tronco. No momento em que a chama se encolheu e morreu, o príncipe saltou de pé e correu ao redor do tronco, com a espada mirando a cabeça amarelo-enlameada.

— Aqui estou! — gritou Fenton, enquanto emergia das árvores, ofegando, a espada e o escudo pendurados inúteis nas mãos.

Levantando a cabeça bruscamente, o dragão se virou para encarar Fenton, com a longa cauda chicoteando. Enquanto Jasper corria para o dragão, a cauda o acertou com um som metálico, jogando-o longe. O príncipe bateu no chão, o corpo rolando alguns metros antes de ficar imóvel.

— Epa — disse Fenton quando o dragão saltou para ele, as costelas se expandindo enquanto inalava de novo.

A primeira sugestão de chama estava saindo da boca do dragão quando Fenton se virou e correu. Por um momento, parecia um borrão brilhante desaparecendo na escuridão da floresta. E, em seguida, sumiu.

Sem qualquer inimigo para incinerar, o fogo do dragão diminuiu até um sopro chiado. Ele se virou resmungando e começou a voltar na direção de Jasper, cujo corpo continuava caído. Alarmada, voei mais baixo para ver o que poderia ser feito. Jasper estava indefeso; se ainda estivesse vivo, não continuaria assim por muito tempo. *Isso não está certo*, pensei. Era hora de intervir.

Enquanto o dragão baixava a cabeça enorme para farejar o cavaleiro ferido, mergulhei e biquei a criatura atrás do crânio. O bicho não me notou. Abrindo a boca, agarrou uma perna coberta pela armadura e começou a arrastar Jasper para a beira da fenda. Tentei pensar em algum feitiço que pudesse usar e não ferisse nenhum dos dois combatentes, mas então a orelha do dragão balançou. No tempo da piscada de um unicórnio, pulei para a orelha e biquei na parte de dentro, que parecia couro. O dragão levantou a cabeça bruscamente, alarmado, largando Jasper. Agarrei-me às suas escamas, enquanto ele sacudia a cabeça de um lado para o outro. Quando ele se acalmou de novo, biquei outra vez, para garantir que teria sua atenção, depois soltei suas escamas e voei. Como não queria que ele me perdesse de vista, fiquei baixo, perto do chão, ziguezagueando para que ele não me acertasse caso soltasse chamas. O dragão rugiu e veio atrás de mim, exatamente o que eu queria. Planejava levá-lo para a floresta, depois voltar para pegar Jasper, mas outra pessoa tinha planos diferentes.

O dragão e eu escutamos a voz ao mesmo tempo. Havia uma garota na fenda, gemendo, chamando e a ponto de se tornar um alvo irresistível para um dragão furioso. Tentei distrair o animal, mas a possibilidade de uma refeição fácil era tentadora demais para ser ignorada. Quando ele desceu a encosta íngreme, voei passando por ele e fiquei boquiaberta. Era Millie, parecendo pequena e vulnerável na fenda queimada. Assim que viu o dragão, ela levantou a mão e apontou, um gesto familiar, mas que eu não esperaria ver nela. Sua voz ressoou alta e clara enquanto recitava um feitiço que ela própria devia ter inventado.

Dragão, dragão que estou vendo,
Você não precisa lutar.
Gire e retorne para casa,
Aqui não venha atacar.

Não fiquei surpresa quando o dragão começou a fazer círculos, já que o feitiço havia dito para ele girar, mas Millie ficou boquiaberta e seus olhos se arregalaram. Imaginei quanto tempo ela demoraria para perceber que estava entre o dragão e a caverna que atualmente ele considerava sua casa, o lugar para onde ela o havia mandado. Fiquei mais surpresa porque Millie era uma bruxa, mas não deveria ter ficado. Afinal de contas, ela era uma parente distante, e só porque sua irmã possuía o talento não significava que ela não o tivesse também.

Olhei o dragão girar, chegando um passo mais perto da caverna a cada vez que rodava. Nesse ritmo, demoraria dez minutos para chegar à abertura, o que me dava bastante tempo.

Eu estivera circulando no ar acima da fenda, mas agora que havia me decidido, mudei o ângulo das asas e desci até pousar perto de Jasper. Ele estava tentando ficar de pé, uma tarefa difícil para qualquer um que usasse armadura. Pelo modo como se mexia, pude ver que ficaria bem. Eu teria ficado ali e pensado num modo de ajudá-lo sem me revelar, mas ouvi um berro vindo de perto da caverna e entendi que precisava correr.

Depois de garantir que Jasper não me veria e que os outros príncipes não estavam por perto, falei o feitiço que me transformaria de novo em humana e corri para a beira da fenda. O dragão devia ter ido mais rápido quando percebeu o que estava acontecendo, porque quase havia chegado à caverna. À medida que o dragão girava mais para perto, Millie cobria a boca com a mão, contendo um grito. Estava com a expressão de uma gata que eu tive, e que certa vez ficou completamente apavorada diante de um cachorro. Na ocasião, precisei interferir, como precisaria interferir agora. O dragão estava tão perto que até mesmo sua chama precária iria engolfá-la.

Eu não me importava mais se Millie me visse usando magia, porque nós compartilhávamos um segredo comum. Apontando o dedo para o dragão, disse um feitiço de amarração, fácil e rápido. O dragão parou no meio do giro, a boca aberta como se fosse soltar chama. Descendo rapidamente o barranco da fenda, gritei para Millie:

— Vá para casa! Eu cuido disso agora.

— Emma, você é uma bruxa! — declarou Millie, como se dissesse algo que eu não sabia.

— E você também, mas tenho mais experiência com dragões, portanto deixe-me cuidar disso. Mas há algo que você pode fazer. Jasper precisa de sua ajuda para voltar ao castelo. — Apontei para cima do barranco. Você vai precisar ajudá-lo a ficar de pé, e depois a montar no cavalo.

— Jasper precisa de mim? — perguntou Millie com um leve rubor colorindo as bochechas. — É melhor eu ir. Tem certeza de que você vai ficar bem?

— Vou. Vá ajudar o príncipe. É lá que você vai ser mais útil. Por sinal, você tem alguma ideia do que aconteceu com o Eadric?

— Eu me lembrei do que você disse sobre usar a magia para proteger o reino. Acho uma ideia maravilhosa, mas não queria ninguém perto quando eu a experimentasse com um dragão. Quando vi Eadric e alguns cavaleiros do meu pai saindo, usei um pouquinho de magia para mandá-los na direção errada. Teria mandado Jasper e Fenton na direção errada também, se eles já não tivessem saído do castelo.

— Bem pensado, Millie. Se houvesse mais homens chacoalhando por aí com armaduras, poderíamos ter um verdadeiro problema para manter isso em segredo. E vamos guardar segredo quanto ao fato de nós duas sermos bruxas, certo?

Millie confirmou com a cabeça, e achei que ela pareceu aliviada. Enquanto esperava que ela saísse da fenda, abri a bolsa e encontrei o frasco que Ralf havia me dado. Ralf era um jovem dragão que havia se tornado um dos meus melhores amigos. Pouco depois de nos conhecermos, ele levou Eadric e eu à Olimpíada dos Dragões e nos deu um pouco de unguento para nos proteger das chamas dos dragões. Era o mesmo unguento usado nos bebês dragões até que sua pele sensível ficasse mais forte. O unguento havia funcionado perfeitamente, por isso fiquei feliz em aceitar quando ele me ofereceu um pouco para ter à mão quando fosse necessário.

Não era necessário muito do unguento para cobrir meu rosto e minhas mãos, mas fui mais longe do que isso, passando-o nas roupas e no cabelo, no pescoço e até nas pálpebras. Aquilo fez com que eu me sentisse engordurada e nojenta, mas pelo menos o cheiro era bom, meio parecido com hortelã. Como eu havia usado o frasco quase todo, teria de pedir mais ao Ralf assim que chegasse em casa.

Quando achei que estava pronta, dei um tapinha nas costas do dragão e saí rapidamente do caminho. Mesmo usando o unguento, eu não queria ficar muito perto.

— Hrumf! — grunhiu o dragão, balançando a cabeça. Saiu fumaça de sua boca enquanto ele procurava a presa. — Aonde ela foi? — O dragão deu meia-volta antes de me ver. — Uma diferente — disse. — Mas também deve ser gostosa.

— Espere! — disse eu, mas o dragão já havia juntado um bom fogo na barriga e estava ansioso para usá-lo. Fechei os olhos enquanto as chamas me cobriam. A sensação foi de calor, mas não mais do que o calor do sol num dia de verão. Quando aquilo diminuiu e finalmente parou, abri os olhos e olhei para baixo. Estava molhada e brilhante por causa do unguento, mas as chamas não haviam me queimado.

O dragão me olhou, surpreso.

— O que aconteceu? — perguntou ele. — Ela deveria estar tostadinha. E esse cheiro... — Ele deu um passo adiante e me farejou. Seu olhar ficou mais suave, e ele pareceu estar quase sorrindo. — Tem cheiro do unguento que minha mãe passava quando eu era um filhote recém-saído do ovo. Como um humano conseguiu isso?

— É o mesmo unguento — respondi. — Um amigo me deu.

— Ela conhece a língua verdadeira! — exclamou o dragão, balançando as orelhas, agitado. — Eu não sabia que os humanos eram capazes de falá-la.

— Sou uma bruxa. Posso fazer um monte de coisas que as pessoas não podem.

— Por que eu nunca a vi antes, humana? — perguntou ele, com os olhos se estreitando.

Eu não queria que ele soubesse que eu estava ali somente por pouco tempo. Se meu plano desse certo, e ele fosse embora, não gostaria que ele achasse que poderia voltar.

— Eu estive longe. Sou a princesa Emeralda, a Bruxa Verde.

— Bruxa Verde? Nunca ouvi falar.

— Como poderia, se não fala a língua humana?

— Tem razão — disse o dragão, sentando-se nas patas traseiras. — Quem foi esse amigo que lhe deu o unguento?

— Um jovem dragão chamado Ralf.

— E o que você quer comigo?

— Quero que você se mude daqui. Encontre um lugar para viver onde não haja humanos por perto.

O dragão soltou um bafo de fumaça cor-de-rosa que cheirava a repolho cozido.

— Por que eu faria isso? Gosto daqui.

— Porque eu mandei, e eu sou a Bruxa Verde, o que significa que meu dever é proteger o reino. Se você ficar aqui, terei de fazer uma coisa da qual nenhum de nós dois vai gostar.

O dragão juntou as sobrancelhas numa careta de dar medo.

— Tipo o quê?

Cocei o queixo e examinei-o.

— Eu poderia transformar você numa salamandra e fazê-lo correr para baixo de uma pedra. Poderia extinguir permanentemente o fogo da sua barriga, de modo que você nunca mais tivesse uma refeição quente. Poderia amarrar uma nuvem de tempestade a você, fazendo-o se molhar toda vez que saísse da sua caverna. Poderia encolhê-lo e mantê-lo como bichinho de estimação. Poderia...

— Certo! E o que me impede de comê-la agora? Sei que não posso cozinhar você enquanto estiver usando esse unguento, mas não me incomodo com comida crua.

— Você não comeria uma Amiga de Dragão, comeria?

— Você não é... AH! — disse ele, franzindo os olhos para mim. Se um dragão olhar um Amigo de Dragão de um modo especial, pode ver um certo tipo de aura. Haviam-me dito que os Amigos de Dragões são muito raros e que todos os dragões tinham um compromisso de honra para tratá-los com respeito. Claro que isso aconteceria no futuro, e eu não fazia ideia de como eles eram tratados no passado.

— Por que não disse logo? — perguntou o dragão, parecendo desapontado. — Agora vou ter de arranjar outra para comer, e eu estava querendo tanto comer você! Não é sempre que tenho um jantar inteligente.

— Você iria se sentir melhor se eu dissesse que conheço um lugar maravilhoso, não longe daqui, onde não há humanos?

— Na verdade, não. Estou abandonando a vida normal. Vou me estabelecer aqui mesmo. Acabo de decidir... vou parar de atacar aldeias.

— Isso é por causa do feitiço de Millie. Você pode desistir de atacar assim que chegar ao local que eu mencionei. Ir para um novo lar permanente não é exatamente sair atacando, em especial porque o lugar não fica longe daqui. Você vai poder vê-lo assim que subir acima do topo das árvores.

— Onde fica?

— Eu lhe digo, se você jurar, pela honra de dragão, que nunca mais vai chegar perto dos humanos.

O dragão revirou os olhos e suspirou.

— Pela minha honra de dragão. Agora, onde fica esse lugar?

— Nas Montanhas Púrpura — respondi, apontando na direção das montanhas. — Você não vai errar. E se olhar no centro das montanhas, vai encontrar uma arena natural com um poço de lava onde você pode tomar um banho demorado e gostoso.

Quando falei da lava, o rosto do dragão se iluminou perceptivelmente.

— Lava, foi o que você disse? Seria ótimo.

Confirmei com a cabeça.

— E a arena seria um lugar perfeito para as Olimpíadas dos Dragões.

O dragão balançou a cabeça.

— As Olimpíadas dos Dragões são feitas numa ilha há séculos. Ninguém vai querer mudar agora.

— Não faz mal olhar, não é?

— Acho que não. Mas se não for como você diz, eu volto.

— É justo. — Enquanto o dragão levantava as asas para começar a voar, acrescentei: — Antes de você ir, qual é mesmo o seu nome?

— Sou o Esmaga-Ossos. Talvez você tenha ouvido falar em mim. Meu lema é: *Queime primeiro e pergunte depois.*

Nove

Usei minha bola de ver longe para olhar Esmaga-Ossos voando até as Montanhas Púrpura. Como ele não voltou, transformei-me de novo num pássaro e voei até o castelo, chegando pouco depois do escurecer. Todo mundo estivera trabalhando duro para a festa. Homens haviam carregado barris de cerveja do porão embaixo da cozinha. Criadas tinham removido os velhos juncos do chão e o lixo velho de anos, antes de esfregarem o piso do Grande Salão. Os novos juncos que espalharam eram perfumados com ervas, o que deu ao salão um cheiro maravilhoso. As tochas haviam sido limpas ou substituídas, mesas e bancos foram arrumados ao redor no salão e estandartes coloridos pendiam do teto. Mais convidados tinham chegado, trazendo consigo seus serviçais.

Hazel estivera ocupada usando seu talento especial. Na despensa havia uma mesa com uma enorme pilha de buquês eternos de rosas, lírios e algumas flores brancas e requintadas que eu não reconheci, todas parecendo frescas como se tivessem acabado de ser colhidas. Imaginei se ela realmente fizera um número suficiente, ou se eu deveria fazer uns extras. Lembrei-me das palavras de

Dispepsia e precisei me conter para não causar mudanças demais. Trepadeiras floridas se espalhavam nas paredes do Grande Salão, pingando em cachos cor-de-rosa e lavanda. Árvores grossas haviam brotado nos cantos do cômodo, formando arcos até se encontrar no teto em cascatas de folhas delicadas e flores de um tom amarelo-claro. Até as ervas misturadas aos juncos pareciam ter se enraizado e estar crescendo.

Encontrei Millie conversando com Jasper, Fenton e Eadric. Dos rapazes que se tinham oferecido para matar o dragão, um havia mudado de ideia e ido para casa, enquanto um segundo desaparecera rio abaixo, perseguindo uma ninfa da água. Eadric admitiu que ele e outro cavaleiro tinham continuado em frente até perceber que estavam perdidos. Depois de vaguear durante a maior parte da tarde, encontraram um lenhador que lhes mostrou o caminho de volta ao castelo.

Millie pareceu aliviada ao me ver, e mal pôde esperar para falar a sós comigo.

— Sei que Jasper precisava de ajuda, mas fiquei péssima quando deixei você, daquele jeito — disse ela. — Fiquei preocupada durante todo o caminho de volta. Foi tudo bem?

Confirmei com a cabeça.

— Aquele dragão nunca mais vai incomodar ninguém por aqui.

— Quando Garrido voltou da caçada, perguntei se tinha visto você. Ele disse que não, e se ofereceu para ir procurar.

— Você lhe disse por que eu estava na floresta?

Ela balançou a cabeça.

— Falei que você foi dar um passeio e ainda não tinha voltado. É melhor dizer que você voltou. Ele ia primeiro à cozinha deixar alguns coelhos que caçou.

— Eu vou. Gostaria de conhecer esse príncipe misterioso.

Dessa vez não foi difícil encontrar Garrido. Como Millie havia me falado a seu respeito, eu sabia que ele tinha de ser o cavaleiro alto e louro que eu iria encontrar conversando com a cozinheira-chefe. O que Millie não havia mencionado é que ele era o príncipe mais bonito no castelo — com feições cinzeladas e ombros largos — e fazia com que todos os outros príncipes visitantes, inclusive Eadric, parecessem menininhos.

Ainda que todos na cozinha estivesse trabalhando por horas e horas nos preparativos da festa, as pessoas se demoraram inspecionando os coelhos que ele trouxera, já sangrados e estripados. Enquanto a cozinheira elogiava os coelhos, as ajudantes risonhas cercavam Garrido, mas tive a sensação de que ele não estava escutando nenhuma delas.

— Príncipe Garrido — eu disse, enquanto ele saía da cozinha. — Posso ter um momento do seu tempo?

Ele ergueu uma sobrancelha e disse:

— Eu conheço você?

— Sou Emma. Millie disse que você havia se oferecido para me procurar, por isso vim lhe dizer que já voltei.

Uma fagulha de reconhecimento surgiu em seus olhos.

— Então você é Emma. Já ouvi falar muito de você.

— Ouviu? — perguntei, imaginando o que Millie poderia ter dito.

Garrido me deu um tapinha no ombro e sorriu. No momento em que ele me tocou, soube que havia algo diferente no príncipe. Antigamente eu não notaria, mas desde que meu poder havia aumentado, eu era sensível a toda a magia ao redor. De um modo estranho, eu sabia que Garrido tinha magia.

— Não se preocupe — disse ele. — Seu segredo está seguro comigo. — Passando por mim, ele foi andando pelo corredor.

Senti um estranho e súbito frio, como se alguém tivesse aberto uma porta no inverno. Meu segredo? Que segredo? Neste tempo e neste lugar eu os tinha demais, para poder controlá-los com facilidade, coisas demais que eu não queria que as pessoas soubessem. O que Millie havia contado a ele? Que eu era uma bruxa? Que não era filha de Frederika? Ou será que alguém finalmente havia deduzido que eu não fazia parte de nada ali?

Voltei correndo ao Grande Salão para procurar Millie, mas o lugar estava apinhado quando cheguei, e todo mundo conversava agitadamente.

— Você ficou sabendo? — disse uma das damas da rainha Angélica a outra. — Jasper e Fenton lutaram contra o dragão. Fenton disse que os dois o expulsaram.

— Ouvi dizer que ele causou um ferimento grave no monstro, que provavelmente sangrou até a morte.

Fui andando pelo salão, procurando Millie e ouvindo trechos de conversas.

— Fenton disse que era enorme, o maior dragão que ele já viu.

— Os dentes tinham força suficiente para cortar pedra! Disse que ele é capaz de mastigar rochas e cuspir de novo.

— Você viu a armadura do príncipe Jasper? Dá para ver onde o dragão o mordeu.

Assenti. Essa parte era verdade.

Finalmente encontrei Millie, mordendo o lábio enquanto tentava não dizer nada. Eu sabia como ela se sentia, porque eu própria teria gostado de acabar com aqueles boatos. Trinquei os dentes e tentei manter uma expressão agradável.

— Vou para a cama agora, Millie — disse eu. — Preciso acordar cedo amanhã, muito cedo.

Conhecer Garrido só aumentara meu interesse nele. De todos os príncipes que cortejavam Hazel, eu tinha a sensação de que ele era o único que merecia ser vigiado. Aparentemente, o único modo de fazer isso era segui-lo quando ele saísse para caçar. Talvez eu pudesse descobrir por que Garrido sempre saía sozinho. Será que estava usando magia? Quando tentei encontrar Eadric para perguntar se queria ir comigo, um escudeiro disse que ele estava reunido com o rei Grunwald para discutir o melhor modo de cuidar dos lobisomens, e que provavelmente só voltaria tarde. Esperei mais cerca de uma hora no Grande Salão, e já ia desistir e ir para a cama quando Eadric entrou, conversando com um dos escudeiros.

Correndo para o lado de Eadric, eu disse ao escudeiro:

— Com licença. Nós temos uma coisa importante para discutir.

— Verdade? — perguntou Eadric. — O quê?

— Isso depende — respondi depois de o escudeiro ter saído. — O que você vai fazer amanhã cedo?

— Dormir. Não descansei muito desde que comecei a dividir o quarto com outros cinco príncipes.

— O que acha de ir caçar comigo?

Eadric levantou uma sobrancelha.

— Caçar? Você nunca se interessou por caçadas. O que planeja caçar?

— Respostas. Acho que é hora de alguém seguir o Garrido e descobrir o que ele realmente está fazendo. Não acha meio suspeito ele sair sozinho todo dia?

— Você acha que ele tem más-intenções?

— Acho que está aprontando alguma. Ele gosta demais de segredo para ser inocente. Quer ir comigo? Teríamos de sair cedo.

Eadric suspirou.

— Claro que vou com você. Só precisarei dormir até tarde outro dia. Talvez daqui a uma ou duas semanas.

Foi fácil me levantar antes do amanhecer no dia seguinte, porque fiquei me revirando a noite toda. Quando não consegui mais ficar deitada olhando o teto, vesti-me o mais silenciosamente que pude para não acordar Millie. Encontrei Eadric, como havíamos combinado, e descemos juntos até o Grande Salão. Os guardas estavam cochilando em seus postos, por isso passamos nas pontas dos pés e paramos embaixo de uma janela. Com um olhar fixo no guarda mais próximo, fiz com que Eadric e eu virássemos morcegos e assim passamos pela abertura. Como podíamos enxergar no escuro, não precisávamos esperar até o amanhecer, quando os guardas baixariam a ponte levadiça, e estaríamos prontos e esperando quando Garrido chegasse. Além disso, ser morcego era divertido quando não se estava sendo perseguido.

Voamos até o labirinto e chamamos Fê, mas pareceu demorar uma eternidade até que ela respondesse. Enquanto eu me empoleirava em sua roseira, Eadric voou de um lado para o outro, pegando seu desjejum de mosquitos.

— Onde você estava? — perguntei, quando Fê apareceu finalmente.

— Com Bisô — respondeu ela, com um olhar distante.

Eadric engoliu um mosquito e perguntou:

— Quem é Bisô?

Fê suspirou.

— O morcego mais maravilhoso do mundo. Ele ainda não sabe, mas decidi ficar aqui com ele.

— Quer dizer, até irmos para casa? — perguntei.

— Não, quero dizer para sempre. Eu o amo, Emma. Bisô é o morcego perfeito para mim! Nunca conheci ninguém como ele, e provavelmente nunca vou conhecer. Espero que você seja tão feliz com o Eadric como sei que serei com o Bisô!

— Tem certeza, Fê? — Isso parecia totalmente bizarro, mas talvez eu estivesse focada demais no mundo humano, ou em mim mesma. — Você já pensou mesmo nisso? Se ficar aqui quando eu e o Eadric formos embora, vai ficar presa para sempre no passado. E você não sabe nada sobre o Bisô! Nem o nome verdadeiro dele. Você inventou o nome Bisô, lembra?

— Passado, futuro, que diferença faz para mim, Emma? Vou sentir falta de você e do Eadric, mas minha vida é aqui com o Bisô. Sei que ele é maravilhoso, e isso me basta.

O som de correntes chacoalhando e madeira gemendo anunciou que estavam baixando a ponte levadiça. Faziam isso mais cedo do que no meu tempo, talvez a pedido do príncipe Garrido. Uma figura atravessou a ponte e começou a ir pela estrada em direção à floresta, com um arco pendurado no ombro.

Que bom que viemos cedo, pensei, e decolei.

— Falamos sobre isso mais tarde, Fê. É uma decisão muito importante. — Fê era minha amiga, e eu não queria deixá-la para trás no passado, mas não sabia o que fazer.

— Não me acorde se eu estiver dormindo — disse a morceguinha, escancarando a boca num bocejo.

Eu nunca tinha ouvido falar em algum membro de minha família real indo caçar sem um grupo de amigos ou serviçais, e tinha certeza de que isso era igualmente incomum na família de Millie. Mesmo assim, Garrido seguia pela estrada com grande confiança, agindo como se estivesse acostumado a andar sozinho antes do alvorecer. Eadric e eu voamos atrás dele, ficando suficientemente atrás para vê-lo, mas longe o bastante para que ele não nos visse.

O negrume da noite estava assumindo o cinza da manhã quando Garrido entrou na floresta, mas ainda estava escuro embaixo das árvores. Se não fôssemos morcegos, poderíamos perdê-lo de vez, porque ele era capaz de se mover entre as árvores silencioso como uma sombra. Ficamos para trás, olhando-o quando ele parou e inclinou a cabeça, depois partiu correndo tão depressa que tivemos dificuldade de acompanhar. Nós o perdemos por um momento quando ele desapareceu numa ravina cercada de arbustos. Algo acertou o chão com um estalo, e a criatura penetrou ruidosamente na folhagem. Voei na direção do som e encontrei Garrido curvado sobre uma corça ferida, cujos membros se sacudiam debilmente. Garrido estava de costas para mim, mas pude ver a criatura estremecendo, depois ficando parada. Depois de um tempo Garrido se empertigou e ficou de pé, levantando a corça como se ela não pesasse nada. Com o corpo sem vida no colo, ele saiu da fenda e foi andando pela floresta.

Eadric havia se juntado a mim, e nós dois seguíamos Garrido quando ele desapareceu de repente. Só ao chegar ao lugar onde ele havia sumido vimos a abertura de uma caverna. Dentro estava escuro como piche, e eu esperei que ele acendesse uma vela ou uma tocha. Mas ele não fez isso, e tivemos de usar nossos sons especiais para encontrá-lo.

Garrido estava andando direto até um grande gancho preso na pedra, movendo-se como se conseguisse enxergar perfeitamente bem. Após amarrar as patas traseiras da corça com uma tira de couro, pendurou a carcaça e colocou uma tigela embaixo para recolher o sangue. Depois, tirando a capa, foi em direção a uma grande caixa sobre uma larga plataforma de pedra. Imaginei o que haveria na caixa, para ser mantido em tamanho segredo. Armas, talvez? Algo mágico? Mensagens secretas sobre alguma invasão? Mas, de todas as coisas que imaginei, nada poderia ter me surpreendido mais do que o que aconteceu em seguida.

Ele devia ter mantido as dobradiças bem lubrificadas, porque levantou a tampa sem fazer nenhum som. Estiquei o pescoço para ver quando ele enfiou a mão, mas Garrido só pegou um travesseiro e afofou-o. Depois de recolocar o travesseiro na caixa, entrou ali, deitou-se e bocejou. Ainda que seus dois dentes da frente parecessem normais quando eu havia falado com ele no castelo, agora estavam compridos, pontudos e com uma ponta de sangue. Ofeguei ao perceber o que isso significava. O belo príncipe Garrido, pretendente da futura Bruxa Verde de Grande Verdor e possivelmente meu ancestral, era um vampiro!

Garrido devia ter me escutado, porque piscou e olhou na nossa direção. Começou a sentar-se, mas não esperamos para ver o que ele faria em seguida. Batendo as asas o mais depressa que podíamos, Eadric e eu disparamos para fora da caverna e zunimos por entre as árvores. Nem tentei falar com Eadric, até que as árvores ficaram mais espaçadas, e pudemos voar lado a lado.

— Ele é um vampiro! É melhor corrermos de volta e contarmos a Millie. Eu tinha certeza de que ele guardava algum segredo, mas nunca pensei que poderia ser tão ruim. — Eu não tinha nada contra vampiros, desde que ficassem na deles, mas certamente não queria que Hazel se casasse com um. Não somente os vampiros sobreviviam às custas do sangue dos outros, mas sabia-se que transmitiam todo tipo de doenças, tinham um horário terrível e passavam a maior parte do tempo tentando converter todo mundo que conheciam.

— Acho que isso explica aonde ele vai toda noite — disse Eadric. — E eu achei que ele não estava se sentindo bem.

— Ele não vai se sentir bem. Principalmente se tentar se casar com alguém da minha família.

Estávamos fora da floresta, voando a toda velocidade de volta para o castelo, quando ouvimos sons de cavalos e vimos três homens na beira de um pequeno lago. Não teríamos prestado atenção a eles se não notássemos que um era Fenton. Ele estava discutindo com dois homens que eu não conhecia, um sujeito corpulento, com o pescoço da mesma grossura dos bíceps exagerados e outro menor, com rosto estreito e queixo pontudo.

— Vejamos o que é aquilo — falei a Eadric.

— Achei que você estava com pressa para voltar ao castelo.

— Estou, mas Millie pediu que eu descobrisse o que fosse possível sobre todos os príncipes. Não vamos demorar muito.

Voamos mais para perto, esperando ouvir a conversa. Circulando o laguinho, pousamos no capim da beira.

— Estou cansado das suas desculpas! — disse o mais baixo. — Você me deve esse dinheiro há quinze dias, e, se eu não receber hoje, o Georgie aqui vai fazer você desejar que seus ancestrais nunca tivessem nascido. — O grandalhão grunhiu e estreitou os olhos até parecer feroz.

— Eu já disse, você vai receber — respondeu Fenton. — Assim que a princesa Hazel me escolher, vou apressar a data do casamento. Os cofres de Grande Verdor nunca estiveram tão abarrotados. Há dinheiro suficiente para pagar minhas dívidas e financiar o retorno ao circuito de torneios. Estou no auge da minha carreira de lutador. O público me adora, assim como a princesa.

— O que faz você achar que ela vai escolhê-lo?

— É que eu sou a melhor opção, e ela sabe. Alguns pretendentes já foram embora, espantados pela princesa ou por aquele dragão desgraçado que o pai dela quis que a gente matasse. Eu sou o mais atencioso e o mais bonito. Ela vai me escolher; tenho certeza.

— É melhor que esteja certo — disse o homem menor. — Georgie não gosta de ficar esperando.

Enquanto o príncipe Fenton montava em seu cavalo e começava a retornar ao castelo, nós decolamos de novo. Eu tinha uma missão. Havia prometido a mim mesma que descobriria o possível sobre os pretendentes da irmã de Millie e tinha muita coisa a contar, independentemente dos alertas de Dispepsia.

Dez

Chegamos ao castelo no momento em que um pequeno redemoinho pousou ao pé da ponte levadiça, depositando uma feiticeira gorducha e pequena, com cabelo tingido de azul. Ainda era meio-dia, mas alguns convidados já estavam chegando. Pousamos no jardim e ficamos apenas o tempo suficiente para virarmos humanos de novo, antes de entrarmos correndo no castelo. Encontrei Millie olhando os serviçais colocarem canecas nas mesas que estavam encostadas nas paredes do Grande Salão.

— Aí está você, Emma — disse Millie. — Eu a procurei a manhã inteira.

Alguém abriu uma porta que dava num dos corredores, e o cheiro de carne assando passou por nós. Eadric farejou o ar como um cão e se virou na direção da cozinha. Quase esperei vê-lo babar.

— Se me derem licença — disse ele —, acho que uma perna de carneiro e um pão fresco estão me chamando. Você precisa de mim agora, Emma?

Sorri e dei um tapinha em seu braço.

— Vá. Eu posso contar sozinha a ela.

— Contar o quê? — perguntou Millie, enquanto Eadric ia pelo corredor.

Levei Millie para longe dos serviçais que prestavam atenção. Fomos a um canto que ficara isolado devido às folhas de uma das árvores de Hazel.

— Eu disse que precisava levantar cedo — comecei. — Fui atrás do Garrido quando ele saiu para caçar e fiquei sabendo do segredo dele. Depois ouvi Fenton falando, e sei o que ele quer, também.

— Eu sabia que eles estavam escondendo coisas! O que era?

Contei primeiro sobre Fenton. Ela assentiu e disse que não ficou surpresa. Quando contei sobre Garrido, seus olhos se arregalaram e ela ficou tão horrorizada quanto eu havia me sentido.

— Um vampiro aqui no nosso castelo? Temos de contar ao meu pai! — Millie ofegou. — E a Hazel! Temos de contar a ela também!

— Calma! Não fale tão alto! Não queremos estragar a festa.

— Estragar a festa? Acho que ela pode estragar a vida! — Quando Millie se enfiou embaixo de um galho e saiu do salão, fui rapidamente atrás dela, com medo do que poderia fazer.

Apesar de encontrarmos Hazel imediatamente, não pudemos vê-la. Ela havia se trancado no quarto com as aias e costureiras e se recusava a deixar que qualquer pessoa entrasse.

— Hazel! — gritou Millie, enquanto batia na porta. — Preciso falar com você!

— Vá embora! — respondeu a voz abafada da irmã. — Estou ocupada. Ai! Tenha cuidado, sua imprestável — disse ela à costureira. — Se me espetar de novo, mando jogar você no fosso!

— Mas Hazel — insistiu Millie —, é importante! Abra a porta para eu falar com você.

— Se é tão importante, pode me contar daí. Ou então vá embora.

Como não queria gritar a novidade através da pesada porta de madeira, Millie decidiu procurar seu pai. Infelizmente, depois de revirar o castelo, ficamos sabendo que o rei Grunwald insistira em que Eadric lhe mostrasse como colocar armadilhas à prova de fuga para lobisomens como faziam em Alta Montevista. Ninguém sabia exatamente para onde Eadric e o rei tinham ido.

Ainda esperávamos falar com Hazel e tínhamos voltado para esperar diante de sua porta quando a mãe dela nos viu. Como a maioria das damas do castelo, ela estivera se enfeitando desde o início da manhã e já estava vestida para a festa. Seu vestido, de um prateado brilhante, parecia luzir no corredor mal-iluminado.

— Senhoras — ela disse, olhando nossas roupas comuns. — Sei que as duas têm vestidos mais adequados para esta noite. Não acham que é hora de se arrumar?

— Na verdade — respondeu Millie —, queríamos primeiro falar com Hazel, mas ela não nos deixa entrar. A senhora vai vê-la agora?

— Vou, mas vocês, não. Vocês vão imediatamente para o seu quarto, trocar de roupa. Emma, veja se consegue fazer alguma coisa com seu cabelo. Parece que um pássaro fez ninho nele.

— Mas, mamãe — gemeu Millie —, é importante! Nós descobrimos uma coisa sobre o Garrido que Hazel precisa saber. Se pudermos falar com ela só por um minuto...

— Vocês não farão isso, senhorita. A última coisa que precisamos é perturbar sua irmã. Este é um dia muito importante para ela, e não precisamos de que vocês o estraguem. Agora vá para o seu quarto. Isto é uma ordem!

— Nós vamos, mas, por favor, quer dizer a ela? Nós descobrimos que Garrido...

— Eu disse *agora*!

Millie baixou a cabeça, como uma filha educada, mas pude ver a raiva relampejar em seus olhos.

— Sim, mamãe — respondeu ela, fazendo uma reverência à rainha.

— Não se preocupe — falei, enquanto corríamos para o seu quarto. — Podemos contar a Hazel durante a festa.

Millie assentiu.

— Vamos pensar em alguma coisa. Ainda não desisti!

Estávamos perto de uma janela quando algo passou voando, e corri até o parapeito para olhar. Um velho feiticeiro, sentado numa porta velha, estava descendo em espiral até pousar na frente do castelo. Enquanto eu olhava, meia dúzia de bruxas chegaram montadas em vassouras enquanto várias outras vinham sentadas em cadeiras cheias de almofadas. Recuei quando uma águia enorme com penas douradas me encarou através da janela, a caminho para deixar no chão a pequena mulher encarquilhada que carregava.

— Viu todas aquelas bruxas? — perguntei a Millie, que havia parado perto de mim.

Ela confirmou com a cabeça.

— É melhor corrermos e nos aprontarmos. Acho que a festa já vai começar. Suas roupas estão esperando. Mamãe as mandou esta tarde.

Eu nunca havia me interessado por vestidos luxuosos, mas, por causa de Millie, tentei parecer empolgada. Quando chegamos ao quarto, encontrei uma túnica cor de ferrugem com um sobremanto vermelho, esticado em sua cama.

— Diga — pediu Millie, enquanto eu tirava o resto de unguento de dragão e enfiava a túnica pela cabeça. — Depois que Hazel ficar sabendo sobre o Garrido, acha que ela vai escolher o Jasper?

— Provavelmente — respondi, olhando para Millie assim que minha cabeça ficou livre do tecido. Ela pareceu perturbada, e me arrependi de ter dito isso.

Quando ficamos prontas, Millie estava maravilhosa, parecendo ter muito mais de treze anos. Seu cabelo estava preso com um fio de prata que brilhava quando movia a cabeça. Sua túnica tinha o azul de um céu de verão, sobre a qual usava um sobremanto azul mais escuro com acabamento em prata. Minhas roupas eram mais simples, mas Millie havia torcido meu cabelo e enrolado no topo da cabeça de um modo que achei tão bonito que decidi que o usaria assim quando voltasse para casa. Estávamos para sair pela porta quando Millie pegou uma delicada tiara de ouro em um baú perto da cama.

— Quase esqueci o presente de Hazel — ela disse.

— Ah, não! Eu ia fazer um, mas estive tão ocupada... Me dê um minuto para pensar. — Eu queria dar algo de que ela gostasse, mas não podia dar um presente obviamente mágico, já que não queria que ninguém soubesse que eu era bruxa. Mas isso não significava que não poderia usar magia para fazê-lo. Se ao menos eu tivesse alguma coisa...

Enquanto Millie esperava pacientemente junto à porta, encontrei a bolsa que tinha usado ao chegar e peguei o toco de vela. Era pequeno, mas bastava. Apenas alguns minutos depois, Millie estava no Grande Salão colocando sua tiara de ouro na mesa reservada para os presentes, deixando espaço para minha réplica do castelo feita em cera, até mesmo com flores minúsculas.

Só quando finalmente nos juntamos à festa, percebi como poderia ser difícil encontrar Hazel. O Grande Salão estava apinhado de convidados de todas as formas e tamanhos. Vi fadas pairando, não maiores do que meu polegar, conversando com cavaleiros enormes vestidos de seda e couro. Outras fadas tinham o tamanho de um ser humano comum, mas possuíam uma luz no cabelo ou um tom na voz que as faziam se destacar. Ainda que nenhuma das fadas se vestisse igual a outra, todas usavam roupas derivadas da natureza. Túnicas de folhas ou grama, vestidos de pétalas de flores ou de raio de luar cobriam as dançarinas que giravam ao som das melodias tocadas por músicos humanos.

Os feiticeiros também se vestiam com roupas fantásticas, tentando superar uns aos outros com o uso de magia para fazê-las. Um feiticeiro vestia um manto preto com números e símbolos desenhados em giz branco, que mudavam constantemente. Outro usava um manto azul enfeitado com nuvens flutuando. Um terceiro, o que atraía mais atenção, usava um manto espelhado e um chapéu pontudo, alto, que lançava pó luminoso pela ponta.

As roupas dos feiticeiros eram bem interessantes, mas as das bruxas é que me tiraram o fôlego. Vi um vestido que reluzia passando de uma cor para outra, abarcando todo o arco-íris. Uma segunda estava coberta com gotas de chuva que pareciam tão reais que quase esperei ver água no chão. Porém, meu predileto foi um vestido de musgo verde que cheirava como a floresta depois de uma chuva purificadora. Fez com que eu me lembrasse de minha tia Gramina e do tipo de vestidos que ela usava antes que a maldição a transformasse.

Havia pessoas normais, também: parentes de Hazel, moradores do castelo e a nobreza das regiões em volta. Mesmo com suas melhores roupas, pareciam desenxabidas e desinteressantes quando ficavam junto aos convidados mágicos.

— Que cor Hazel está usando? — perguntei a Millie, esticando o pescoço para procurar a irmã dela na multidão.

— Não sei. Ela não quis me contar nada, exceto que o vestido era muito melhor do que o meu.

Músicos humanos tocavam num balcão acima do Grande Salão, enquanto dançarinos desfilavam embaixo, no centro. Ainda que a maioria dos convidados permanecesse no nível do piso, quase metade das fadas dançarinas cabriolava no ar acima deles, criando um espetáculo de muitos tons com suas asas adejando. Parei para olhar as fadas por um momento, imaginando se uma delas pronunciaria a maldição que causaria tanto dano à minha família.

Uma mesa fora arrumada numa extremidade do Grande Salão. Coberta de delicadas taças de casca de ovo cheias de vinho de dente-de-leão e grandes canecas de estanho com cerveja, era o lugar mais apinhado. A pouca distância dali, outra mesa estava coberta de bandejas com ovos de beija-flor, violetas açucaradas e asas de algum pássaro minúsculo, cozidas com ervas. Uma terceira mesa tinha pratos de faisões e pavões assados, com as penas recolocadas; leitões vitrificados em mel, com a boca cheia de maçãs vermelhas; e terrinas com enguias cozidas flutuando num molho cremoso e denso. Eadric estava entre um homem alto e magro, com molares proeminentes, e uma fada bonita, vestindo uma túnica cor de flores novas de primavera.

Já com um prato cheio na mão, Eadric ia pegar uma das asas cozidas com ervas quando parei entre ele e a mesa, obrigando-o a me olhar.

— Emma — disse ele. — Você está encantadora.

— Obrigada — respondi, esticando o pescoço para ver as pessoas que entravam no salão. — Você viu Hazel?

— Não a vejo desde ontem.

Millie se espremeu entre duas bruxas gordas e um feiticeiro de cabelos compridos com um dragão bordado na parte de trás do manto.

— Ei, experimente isso — disse Millie, colocando uma taça de casca de ovo na minha mão.

A taça era tão delicada que tive medo de usá-la, mas Millie e Eadric não tiveram reservas. Comuns na terra das fadas, essas taças eram mais fortes do que aparentavam. Segui o exemplo deles e tomei um gole comprido, depois comecei a tossir quando o líquido doce queimou minha garganta. Não era um vinho de dente-de-leão comum.

— As fadas trouxeram as taças e o vinho — disse Millie, enxugando os olhos lacrimejantes.

— Acredito — respondi, com a voz num sussurro áspero.

Levando as bebidas, fomos com Eadric à procura de Hazel. Estávamos nos desviando dos dançarinos no meio do salão quando vi a mãe de Millie se aproximar de um grupo de bruxas no canto mais distante. Uma brisa leve parecia vir daquela parte do salão, agitando os estandartes pendurados nas paredes e as folhas das árvores de Hazel.

Millie me olhou.

— Dá para ver que a bruxa Brisolina está aqui. Ela não pode ir a lugar nenhum sem suas brisas. Esqueci de avisar que alguns convidados de Hazel são um tanto fora do convencional.

— Eu não sabia que havia tantas bruxas na área.

— Elas vêm de toda parte — respondeu Millie. — Hazel as conhece em reuniões de bruxas. Deixe-me apresentar vocês àquelas damas ali. — Virando-se para um grupo de bruxas, Millie foi andando.

Quatro bruxas estavam conversando perto do tronco de uma das árvores de Hazel. Todas levantaram os olhos, cheias de suspeita, quando nos aproximamos, até reconhecerem Millie.

— Olá, princesa — disse uma bruxa linda, com cabelos e cílios de ouro verdadeiro e olhos cor de âmbar, impossivelmente grandes. Usava um vestido vermelho brilhante com minúsculos pontos de ouro que produziam uma espécie de calor. — A festa está linda — acrescentou em voz profunda, gutural.

Os olhos de Eadric pareceram ficar vítreos quando a viu. Eu tropecei e pisei nele, o que pareceu trazê-lo de volta ao mundo real.

— Que bom que você está gostando — disse Millie à bruxa de vermelho. Pondo a mão nas minhas costas, ela me empurrou de leve. — Esta é Emma, minha prima, e este é o amigo dela, Eadric.

— Que bom — disse a bruxa de cabelos de ouro, descartando-nos com uma batida de pálpebras.

Fiquei sabendo o nome das quatro bruxas, mas duvido que elas se lembrassem do meu. Scarletta, a de vermelho, foi a única que falou conosco.

Estava tentando pensar em algo educado para dizer quando as bruxas se viraram e olharam para além de Millie, para outra bruxa que havia surgido atrás dela. De meia-idade, com cabelo castanho opaco, tudo nela era fino, desde o rosto fino até o corpo fino e a voz fina, gemida. Diferentemente das outras bruxas, não parecia ter se vestido para a ocasião, já que usava um vestido cinza desbotado com a bainha se arrastando esgarçada.

Scarletta fez uma cara de desprezo e disse:

— Olhem só a Escrófula, esquelética como sempre. É melhor ficar onde está, ou a brisa de Brisolina pode soprá-la direto pela porta.

Os olhos de Escrófula apertaram-se.

— Ah, não seria eu que seria soprada. Todas sabemos como você é cheia de ar quente, Scarletta. Isso resulta de ficar se inflando com a própria aparência toda vez que se faz parecer vinte anos mais nova, querida.

— Ora — disse Scarletta —, se não houvesse convidados neste castelo eu iria...

— Iria o quê? — reagiu Escrófula, inclinando o queixo em desafio.

Millie sussurrou no meu ouvido:

— Emma, precisamos fazer alguma coisa. Essas irmãs costumam ter as brigas mais medonhas.

Brigas entre bruxas costumavam envolver magia, colocando todo mundo em risco. Estendi minha taça para Scarletta e perguntei:

— Já experimentou o vinho de dente-de-leão?

— O quê? — perguntou ela, distraída por um momento.

— É muito bom — respondi. Dando um passo na direção dela, fiz algo que nunca tinha feito na vida; fingi tropeçar. O vinho de dente-de-leão voou do copo e caiu pela frente do vestido de Scarletta, fazendo o tecido quente chiar.

— Garota desajeitada! — disse a bruxa, com a voz subitamente esganiçada. — Ora, eu deveria...

— Deixe-a em paz, Scarletta — interveio sua irmã. — É só um pouco de vinho. Você não vai derreter.

A bruxa de cabelos dourados olhou irritada para Escrófula. Depois, com um estalo, Scarletta desapareceu.

— Que grosseria! — disse uma das outras bruxas. Até eu sei que é falta de educação desaparecer tão abruptamente numa reunião social.

— Você foi brilhante! — disse Millie, quando continuamos a procurar Hazel. — E fingindo ser desajeitada...

— Já tive muita prática com isso, de verdade.

Comecei a imaginar se encontraríamos Hazel. Será que ela poderia ter decidido ficar longe de sua própria festa? Eu estava pensando em mandar um pajem procurá-la, quando uma fada por quem estava passando agitou as asas e bateu na minha cabeça com elas.

— Epa — disse a fada, balançando uma caneca de cerveja meio vazia diante do meu rosto. Recuei quando a fada arrotou, com um forte bafo de cerveja, mesmo àquela distância. — Esse negócio é bom! — exclamou, levando a caneca aos lábios e bebendo até o final.

— A Fada do Pântano — disse Millie.

Fiquei sem fôlego, boquiaberta. Olhando para Eadric, vi que as sobrancelhas dele estavam erguidas de surpresa. Tínhamos conhecido a Fada do Pântano quando éramos sapos, no nosso tempo. Ela era mais velha na época, mas quando olhei mais de perto, soube que não havia mudado muito. Seu cabelo azul não mostrava as riscas grisalhas que teria mais tarde, e a saia de pétala de flor parecia mais fresca, mas era definitivamente a mesma fada. Diferentemente das bruxas, que são mortais, as fadas vivem para sempre.

— Nossa! — A Fada do Pântano virou a caneca vazia de cabeça para baixo. — Acabou. É melhor conseguir mais! — disse, numa voz alegre. Balançando as asas, subiu direto no ar, quase colidindo com um casal que dançava. — Olhem onde andam! — declarou.

Circulamos pelo salão, observando os convidados, quando um sino soou, leve e doce.

— Atenção, todos! — pediu uma voz, enquanto o volume das conversas diminuía.

— Ali está ela — disse Eadric, indicando o tablado. Flanqueada pelas damas de companhia de sua mãe, Hazel estava diante da pista de dança. Suas roupas eram magníficas; tanto a túnica quanto o sobremanto eram feitos de tecido de ouro, e diamantes rebrilhavam no cabelo.

— Preciso subir lá — sussurrou Millie, enquanto procurava um modo de chegar perto da irmã. Vendo uma abertura entre dois cavaleiros, espremeu-se passando por eles, enquanto eu seguia nos seus calcanhares.

— Obrigada por terem vindo — disse Hazel. Ela falava tão alto que parecia que sua voz era amplificada magicamente. —

Fico feliz em comemorar meu aniversário com todos os meus amigos mais íntimos.

— Quem é ela? — perguntou um duende de cabelo verde espetado, apontando para Hazel.

— Shh! — ordenaram as pessoas ao redor. Vi outra abertura entre dois grupos de bruxas e corri para passar.

— Vou abrir meus presentes — disse Hazel. — E gostaria de agradecer a todos vocês agora.

— Ela faz isso para não ter de agradecer a ninguém depois — sussurrou Millie.

Hazel demorou algum tempo para abrir todos os presentes, porque eram muitos, mas isso me deu a oportunidade de chegar mais perto do tablado. Os presentes dos familiares eram bem tediosos: principalmente roupas e algumas joias. Os príncipes haviam lhe dado taças cravejadas de pedras preciosas, peças de tecidos raros e caixas com tampas de ouro martelado. As bruxas deram presentes como uma bola de ver longe, um anel para carregar poções secretas e uma vassoura nova. O título de sócia da Sociedade da Maçã do Mês — uma maçã comum e uma envenenada a cada mês — foi mais original, embora tenha levado as pessoas próximas a fazerem caretas para quem o oferecera.

Quando desembrulhou um espelho de mão, Hazel levantou-o para que todo mundo visse, depois fez a pergunta tradicional:

— Espelho, espelho em minha mão. Quem é a mais linda neste salão?

Uma luz brilhou na superfície do espelho.

— Não é você, digo logo — respondeu o espelho. — Você trapaceia no jogo!

Ruborizando, Hazel entregou o espelho a uma das damas de companhia de sua mãe.

— Este espelho não funciona direito. Coloque com os outros que precisamos mandar consertar.

Quase havíamos chegado a Hazel, quando ela começou a abrir os presentes das fadas. De repente, até as pessoas mais entediadas começaram a se interessar. Todo mundo já vira as taças e o vinho de dente-de-leão, mas a flauta de prata que tocava sozinha e perguntava se havia pedidos depois de cada música era nova. Assim como a saia de pétala de flor cor-de-rosa que vinha com instruções.

— Molhe uma vez por semana — leu Hazel na folha presa a ela.

Houve outros presentes musicais e alguns que se propunham a tornar quem usasse mais linda, como a coroa que a fazia brilhar com uma luz dourada. Uma pequenina gaiola dourada tinha um beija-flor que punha ovos de ouro.

— Sovina — disse uma fada de cabelo cor de lavanda perto de mim quando a fada que havia dado o presente sorriu presunçosa. — Ela poderia ter dado uma ave maior à princesa.

Outro presente, o mais empolgante para mim, era de uma fada idosa vestida com folhas de salgueiro. Todo mundo esperou em silêncio enquanto ela subia no tablado. Quando chegou ao lado de Hazel, a fada lhe mostrou um anel, o mesmo anel que eu usaria muitos anos depois, e falou em voz alta e clara que se espalhou por todo o salão:

— Este é o meu presente, doce princesa Hazel, e durará por gerações. A partir deste dia, a bruxa mais gentil e mais poderosa de seu reino será a Bruxa Verde. Com este presente, vem um poder maior, assim como uma responsabilidade maior, porque a

Bruxa Verde deve ser a protetora do reino, usando sua magia para garantir a segurança dos habitantes, sejam humanos ou do povo das fadas. — Segurando a mão da princesa, a fada pôs o anel no dedo de Hazel e disse: — Eu a nomeio a primeira Bruxa Verde.

Uma onda de aplausos percorreu o salão. Sorrindo, Hazel fez uma reverência à fada e agradeceu. Enquanto a fada idosa descia do tablado, vi a primeira Bruxa Verde virar a mão para um lado e para outro e admirar o anel no dedo.

— Olhe para ela — sussurrou Millie. — Ela gostou do anel, mas duvido que tenha prestado atenção à parte sobre cuidar do reino.

— Agora é a minha vez — gritou o duende de cabelos verdes que não conhecia Hazel. — Eu não sabia o que trazer...

— Já que entrou de penetra na festa e não conhecia ninguém aqui — disse outro duende, que não era mais alto do que o meu joelho e a quem eu não havia notado, mesmo estando parado perto de mim. Seu grande gorro vermelho cheio de pintas brancas o fazia parecer um cogumelo, e ele tinha um cheiro de terra.

— ... por isso decidi esperar a inspiração antes de escolher o presente — continuou o duende de cabelo verde. — Este último presente me inspirou! — Com um floreio da mão no ar, ele presenteou a Hazel com uma tapeçaria que pareceu surgir do nada.

— O que ele é, um feiticeiro ou um duende? — perguntou o cogumelo.

Hazel olhou para a tapeçaria e franziu a testa.

— Deixe-nos ver — gritou alguém de trás, por isso ela virou-a e ergueu-a.

Era uma das tapeçarias que ficavam na minha sala da torre e mostrava a Bruxa Verde por trás, enquanto ela observava um inimigo se afastando das defesas do castelo. Só que agora a Bruxa Verde tinha cabelo louro e comprido, em vez de castanho-avermelhado como o meu.

— O que é? — gritou alguém.

O riso do duende falhou quando ele viu as expressões perplexas.

— É a Bruxa Verde defendendo o castelo — disse ele, apontando para a imagem. — A tapeçaria sempre vai mostrar a Bruxa Verde atual, não importando quem ela seja.

— É muito bonita, tenho certeza — disse Hazel, mas estava claro que havia ficado desapontada. Quando o duende frustrado se juntou aos outros convidados, a princesa sorriu de novo. — E agora o anúncio que todos vocês esperavam para ouvir.

— Ah, não! — disse Millie. — Estou atrasada demais!

— Espere! — gritou uma voz, e o príncipe Jasper abriu caminho até a frente. — Antes que você diga com quem planeja se casar, tenho algo que eu havia esperado lhe dizer em particular.

Você também?, pensei.

— Eu lhe devo a honestidade — disse o príncipe. — Não sou digno de você. Apaixonei-me por outra e jamais poderia lhe dar o amor que você merece.

— Esqueça — disse Hazel, descartando-o com um gesto. — Eu não ia escolhê-lo mesmo.

— Não ia? — guinchou Millie.

— Vou me casar com o príncipe Garrido! Nós já fizemos planos. Vamos nos casar em um mês.

— Você não pode se casar com ele! — disse Millie, passando pelo duende-cogumelo. — Garrido é um vampiro!

Hazel olhou para ela e deu de ombros.

— E daí? Ninguém é perfeito.

A multidão começou a ficar inquieta quando percebeu que Hazel havia recebido seu último presente. Ela devia ter notado isso, porque levantou a mão e gritou:

— Mais uma coisa! Não deixem de falar comigo antes de irem embora. Tenho presentes para todos vocês também!

Até as bruxas de rosto azedo pareceram felizes depois de ouvir essa declaração. Como ela não tinha me deixado ajudar, eu só podia esperar que houvesse o suficiente para todos os convidados.

Onze

A festa continuou até o alvorecer, mas quando a luz fraca de um dia chuvoso havia se esgueirado pelas janelas altas do Grande Salão, quase todos os convidados tinham ido embora. Os convidados normais, humanos — inclusive os parentes e os pretendentes malsucedidos — haviam ido para a cama, mesmo que só fossem partir no dia seguinte. Depois de ficar conosco a noite toda, Eadric fora para a cozinha em busca do desjejum. Só Hazel, Millie e eu ainda estávamos no Grande Salão esperando para nos despedir dos últimos convidados.

Uma mesa de cavalete fora arrumada para os buquês eternos. Quando a última convidada veio pegar o presente, adorei ver que ainda restavam dois buquês, mesmo que alguns convidados tivessem levado mais do que deviam. Parecia que Hazel tinha buquês suficientes para todo mundo.

— Tem certeza de que ela é a última? — perguntei, indicando a mesa onde Escrófula conversava com Hazel.

— Tenho — respondeu Millie. — Mandamos os pajens procurar em toda parte, como você sugeriu. Eles a encontraram no jardim e trouxeram para pegar seu presente.

— Bom. Então talvez a coisa realmente esteja acabada.

Quando Millie e eu fomos até a mesa nos despedir de Escrófula, ela estava pegando um segundo buquê.

— Minha irmã saiu cedo. Vou dar a ela na próxima vez em que nos encontrarmos.

— Então ainda tínhamos o bastante — falei, olhando Escrófula ir embora.

— Não sei por que você estava tão preocupada — disse Millie. — Se ficássemos sem, Hazel poderia fazer mais.

— Fazer mais o quê? — perguntou Garrido.

Eu não o havia notado entrar, e aparentemente Hazel também não.

— Onde você esteve? — perguntou ela com o olhar gelado. — Estive procurando-o em toda parte.

— Precisei cuidar de umas coisas para me concentrar em você esta manhã — disse ele, abraçando-a. — Ainda temos muito que conversar.

Virei-me quando eles começaram a se beijar, e foi então que notei uma coisa pequena e preta voando por uma janela e pousando numa das janelas de Hazel. Desviei-me para ir investigar.

— Fê, é você? — sussurrei.

Uma cabecinha brotou de trás de um galho.

— Por que não me disse que havia árvores neste castelo? — perguntou Fê. — Eu poderia ter ficado numa delas.

— Não existiam antes. Hazel fez as árvores brotarem para a festa. Eu já ia procurar você. Vou partir assim que me despedir de Millie e Hazel. A festa acabou. A maioria dos convidados foi embora. Como havia presentes para todo mundo, ninguém lançou uma maldição.

Fê se arrastou pelo galho até ficar de cabeça para baixo.

— Não vim para me despedir. Estava procurando Bisô. Ele se atrasou para me ver, depois começou a agir de um modo esquisito. Fiquei preocupada com ele, por isso segui-o depois que ele me levou para casa. Ele veio para o castelo. Tem de estar em algum lugar por aí.

— Não notei nenhum outro morcego, mas, afinal de contas, não estava procurando. Talvez eu devesse ir...

Alguém gemeu do outro lado da árvore, suficientemente alto para até Millie escutar.

— Emma, foi você? — perguntou ela, da metade do salão.

— Não — sussurrei, rodeando o tronco na ponta dos pés. — Foi...

A Fada do Pântano sentou-se e me olhou, esfregando os olhos com os nós dos dedos.

— Que dia é hoje? — perguntou ela.

— O dia depois da minha festa de aniversário — disse Hazel, juntando-se a nós perto da árvore. — Todo mundo já foi para casa. Achei que você também já tivesse ido.

Fê apertou as asas perto do corpo, tentando parecer menor e menos visível.

— Isso aí é um morcego? — perguntou Hazel, recuando da árvore. — O que um morcego está fazendo no meu castelo? — Ela olhou rapidamente em volta, e viu uma caneca usada numa mesa. — Saia daqui! — berrou, pegando a caneca e jogando-a contra Fê.

A caneca errou Fê por alguns centímetros, mas passou suficientemente perto para amedrontá-la. Soltando-se do tronco, ela caiu quase um metro e depois começou a bater as asas freneticamente.

Hazel pegou outra caneca e já ia atirar quando Garrido saltou na frente dela e gritou:

— Não! Não a machuque. É a Fê!

Apavorada, Fê esbarrou na mesa onde a cerveja fora servida.

— Ai, ai! — gritou ela, batendo numa taça de casca de ovo vazia e arrastando a asa numa poça de cerveja derramada.

Corri à mesa para ajudá-la, mas Garrido chegou primeiro. Pegou-a nas mãos, aninhou-a gentilmente e disse:

— Não fique com medo, Fê. Sou eu, Bisô!

— Como assim, *Bisô*? — perguntou Hazel, com o rosto ficando de um vermelho profundo. — Por que está agindo como se conhecesse esse morcego? O que está acontecendo, Garrido?

Garrido levantou os olhos.

— Hazel, eu...

Quando Garrido se distraiu, foi fácil para Fê se soltar. Ela escorregou das mãos dele e disparou para a janela.

— Fê! Não! — gritou Garrido.

— Perdão — disse a Fada do Pântano, massageando as têmporas com as pontas dos dedos. — Se você me der meu presente de convidada, eu vou embora.

— Fê! — gritou Garrido, mais alto do que antes. Uma sombra passou sobre ele, houve um sopro de ar frio e úmido e Garrido se transformou num morcego. Hazel berrou quando ele saiu pela janela, atrás de Fê.

— Agora acredita em mim? — perguntou Millie. — Os vampiros fazem esse tipo de coisa.

— E quanto àquele presente... — começou a Fada do Pântano.

Com o rosto vermelho, Hazel se virou para a fada.

— Para de me chatear! — berrou Hazel. — Não vê que estou no meio de uma crise! De qualquer modo, não tenho mais nenhum buquê, então vá embora e me deixe em paz!

Mordi os lábios, enquanto os olhos da Fada do Pântano ficavam duros, e seu rosto cansado se tornava furioso.

— Não acredito que você disse isso! — reagiu ela. — Ninguém que fala com a Fada do Pântano dessa maneira e fica sem castigo! — O ar em volta da fada começou a tremeluzir. Levantando os braços, ela gritou:

Um preço você pagará
Por ser rude com uma fada.
Não perdoamos nenhuma falha
De gente mal-educada

Se, depois dos quinze anos
Você tocar uma flor
Toda a sua beleza sumirá,
Deixando-a um completo horror.

Sem beleza e sem bondade,
Ninguém desejará encarar
Um espírito maligno, um rosto feio.
Não será bem-vinda em nenhum lugar.

As filhas de sua família
Também ficarão um pavor
Se depois da hora fatídica
Tocarem ao menos uma flor.

Esta maldição durará até quando
O amado puder ver além da maldade
E com um beijo de amor sincero
Enxergar a pessoa de verdade.

Um trovão ribombou, e raios verdes espocaram pela janela enquanto a fada saía do salão. Quando Millie gritou, Hazel se virou para ela e disse:

— Não seja idiota! Sou uma bruxa! Minha magia é mais poderosa do que qualquer maldição que esta fada possa lançar.

Cambaleei, chocada com o que acabara de acontecer. Eu viera ao tempo delas para ouvir a maldição, mas já esperava que a fada não a pronunciasse, afinal de contas. Mesmo preocupada com a hipótese de mudar a história, eu havia me metido onde provavelmente não deveria. Mas, pelo jeito, não provoquei qualquer efeito verdadeiro, já que a maldição fora lançada, fazendo com que eu me sentisse um fracasso, mesmo tendo conseguido o que me propusera a fazer originalmente.

Millie e Hazel estavam discutindo quando saí para encontrar Fê e Garrido. *Fê deve estar arrasada*, pensei, enquanto passava correndo pelos guardas e ia ao jardim. Chovia torrencialmente, e pisei numa poça no instante em que saí da ponte levadiça, encharcando os sapatos e a bainha do vestido.

Encontrei os dois morcegos no lugar onde geralmente encontrava Fê. Empoleirada numa roseira ao lado de Garrido, ela estava tão agitada que não conseguia ficar imóvel.

— Você era um dos pretendentes da princesa, não era? — perguntou ela a Garrido. — O que planejava fazer? Se casar com ela sem me contar? Não daria certo.

— Desculpe, Fê — ele disse. — Não queria que isso acontecesse. Não queria magoá-la. Acho você maravilhosa. Eu escolheria você, se pudesse, mas já havia oferecido a mão a Hazel. Se ao menos tivéssemos nos conhecido antes!

— Bom, isso não aconteceu, e agora você vai se casar com *ela*. E pensar que eu queria ficar aqui com você depois de Emma ir para casa. Emma — disse Fê, virando-se para mim —, quando você vai?

— Assim que trocar de roupa e me despedir. Eu ouvi a maldição, por isso sei o que precisa ser feito.

— Então vou ao castelo com você. Quanto antes voltarmos ao nosso lugar, mais feliz eu ficarei.

Levei Fê para o castelo dentro da minha manga, o que foi bom, porque as salas estavam cheias de gente arrumando as mesas e limpando tudo. Depois de ter vestido minhas roupas, peguei a bolsa e a bola de ver longe e desci ao Grande Salão para me despedir. Ouvimos o som de gritos antes de chegarmos à porta. Millie havia sumido, mas a rainha Angélica e suas damas de companhia estavam ali, com lágrimas escorrendo pelo rosto.

— Isso é terrível — gemia a rainha. — Você ofendeu uma fada! Nós tentamos tanto nos dar bem com as fadas, e agora essa maldição!

Hazel revirou os olhos.

— Não seja ridícula, mamãe. Isso não significa nada. Sou uma bruxa. As fadas não podem lançar maldições contra bruxas.

— É verdade? — sussurrou Fê.

— Não — sussurrei de volta.

— Olhem. Vou provar a vocês — disse Hazel. — E vocês verão que estão sendo idiotas.

— Não! — gritou a mãe dela, enquanto a princesa ia até uma flor enorme que pendia de uma trepadeira na parede. Houve um ofegar audível no salão quando Hazel enterrou o rosto na flor.

— Princesa Hazel — disse Garrido, parado junto à porta, de novo sob a forma de homem. Seus olhos estavam tristes, e ele parecia mais arrasado do que um cão impedido de sair para a caçada. — Preciso me desculpar pelo que aconteceu. Vou me casar com você, se você ainda aceitar.

— Claro que aceito — disse Hazel, tirando o rosto da flor. Mas já havia mudado, e a diferença era chocante. Não era mais linda, seus olhos eram pequenos, do tamanho de contas, o nariz e o queixo tão compridos e pontudos que quase se encontravam na frente da boca. Verrugas enormes haviam brotado nas bochechas, e seu cabelo, que já fora lustroso, estava ralo e desgrenhado.

Depois de olhar para a filha mais velha, a rainha soltou um berro e saiu correndo da sala enquanto duas de suas damas de companhia desmaiavam. O rosto de Garrido ficou cinza, mas ele se manteve firme.

— Mas você terá de mudar seus modos, garoto morcego — disse Hazel. — Nada de sair à noite com seus amigos. Nada de caçadas que duram o dia todo. Vai ficar em casa comigo e fazer o que eu mandar. Seu gosto para roupas é lamentável, por isso vou escolher o que você usará. A partir de amanhã você...

Garrido ficou horrorizado. A cada novo pronunciamento, ele recuava um passo, para longe da futura noiva. Ela ainda estava listando as mudanças que faria em sua vida quando ele chegou à porta.

— Sei que você tem uma queda pelas damas, de modo que não posso confiar. Precisarei saber onde você está a cada minuto do dia. Você vai prestar contas a mim e...

— Nunca! — gritou Garrido antes de se virar e sair correndo pela porta.

— Você não vai sair assim tão fácil, moço! — berrou Hazel. Ela estava com um brilho no olhar quando passou correndo por mim. Mesmo depois de saírem da sala, pude ouvir seus pés batendo no chão de pedras. Quando senti um sopro de ar frio e úmido, soube que Garrido havia se transformado de novo em morcego.

— Bom — disse Fê. — Acho que ele mudou de ideia. Mas eu não mudei. Podemos ir para casa agora, Emma?

Doze

O castelo estava um tumulto depois de Hazel desaparecer, e Eadric, Fê e eu mal podíamos esperar para ir embora. Parentes com medo da maldição jogavam seus pertences em carroças ou nos cavalos de carga enquanto se apressavam em partir logo. O príncipe Fenton já se fora, levando uma das damas de companhia. A rainha havia se retirado para seus aposentos com o resto das damas. Ninguém chegava perto do rei Grunwald, que berrava dizendo que encontraria a fada e iria obrigá-la, sob a mira da espada, a transformar a filha de volta.

Eadric queria partir imediatamente, mas insisti em falar com Millie antes. Finalmente a encontramos numa antecâmara silenciosa, longe do caos do resto do castelo. Estava conversando com Jasper, e por sua expressão pude ver que algo maravilhoso havia acontecido. Jasper segurava as suas mãos e não parecia planejar ir embora.

— Emma, quero que você seja a primeira a saber da novidade — disse Millie. — Jasper disse que é a mim que ele ama. Quer pedir minha mão ao meu pai.

— E o que você respondeu? — perguntei, mas com certeza de que já sabia a resposta.

— Eu disse que sim — falou ela, ruborizando —, desde que ele obtenha a permissão de papai. Mas só vamos nos casar daqui a alguns anos. Hazel estava esperando até os dezesseis anos para escolher um pretendente, e tenho certeza de que papai também quer que eu espere.

— Você lhe contou sobre... você sabe? — perguntei.

— Se está falando da magia, contei, disse que sou uma bruxa.

— Ela me contou — disse Jasper. — Não faz diferença. Eu queria me casar com ela independentemente de qualquer coisa. Só fico feliz porque ela está disposta a se casar com alguém comum como eu.

— Sei o que você quer dizer. É como eu me sinto com relação à Emma — disse Eadric, dando-me um beijo rápido no rosto.

— Vejo que você já está com o anel — disse a Millie, apontando para a mão dela.

Millie baixou os olhos e viu o anel verde no dedo.

— Como ele veio parar aí?

— O anel pertence à Bruxa Verde — respondi. Millie abriu a boca para protestar, até que levantei a mão. — Não, não acho que você o pegou de Hazel. Ela não é mais a Bruxa Verde. Você é que é.

— Como isso é possível? Ela recebeu o título ontem.

— Pense no que a fada que deu o anel a ela disse. A bruxa mais gentil e mais poderosa de Grande Verdor será a Bruxa Verde. Nunca achei que Hazel fosse muito gentil, mas aquela fada devia achar isso, e o anel devia estar esperando para ter certeza. De qualquer modo, Hazel não acreditou na maldição da fada, por isso tocou uma flor para provar que estava certa. A maldição teve efeito, transformando Hazel em maligna. Certamente mais maligna do que já era. Isso significa que você é a mais gentil, portanto...

— Eu sou a Bruxa Verde? Mas você é muito mais poderosa do que eu, então por que não recebeu o título? E aquelas outras bruxas da festa? Certamente eram mais qualificadas, também.

— A Bruxa Verde tem de ser de Grande Verdor, e isso elimina muitas outras. Eu já sou a Bruxa Verde, no lugar de onde venho. Só pode haver uma por vez, e este não é o meu tempo.

A mão de Millie foi até a boca.

— Acho que agora entendo. Você não é realmente minha prima, é?

— Não. Mas somos parentes. — Se Millie era a verdadeira primeira Bruxa Verde, ela e Jasper eram provavelmente meus ancestrais. De algum modo, achei isso muito reconfortante.

— Nunca mais verei você, não é? — perguntou Millie, com os olhos se enchendo de lágrimas.

— Acho que não. Mas, de certa forma, você estará sempre comigo.

— Acho que sim — disse ela, olhando para Jasper. Ele ergueu uma sobrancelha, mas ela simplesmente deu-lhe um tapinha no braço, tranquilizando-o, e se virou para Eadric. — Foi bom conhecê-lo, Eadric. Cuide de Emma.

— Eu sempre cuido — disse Eadric. Não creio que ele tenha entendido por que Millie e eu rimos uma para a outra.

Como odeio despedidas longas, saímos o mais rápido que pudemos. Eu sabia como acabar com a maldição, mas não seria fácil, e estava ansiosa para ir para casa e tentar.

O calabouço estava vazio quando chegamos, o que significava que não tínhamos de ficar disfarçados. Como sabíamos o que esperar, Eadric segurou Fê com uma das mãos e me abraçou, enquanto eu soltava um pouco do bafo de dragão do frasco.

Eu precisava pensar num acontecimento para marcar o tempo de nossa volta, mas só conseguia pensar no torneio que meu pai havia planejado para começar na véspera do meu aniversário.

Preciso ir ao futuro,
Ao tempo de onde vim,
Na véspera do torneio
Que meu pai promoveu para mim.

Estávamos quase instantaneamente no túnel escuro. O vento nos fez girar como bufões bêbados. *Isso não vai durar para sempre*, prometi a mim mesma enquanto o ar ficava progressivamente mais denso. Quando o rugido diminuiu o suficiente para eu ouvir os gemidos de Fê, senti um cheiro azedo outra vez. Então o zumbido agudo começou, e algo nos empurrou através da camada enjoativa.

Desta vez, caímos no chão rolando e só paramos ao bater em algo sólido. Objetos duros choviam na minha cabeça enquanto eu tentava me orientar.

— Socorro!

— Cuidado!

— Ah, nãããããão!

Quando algo caiu nas minhas costas e me mordeu, eu soube exatamente o que havia acontecido. Tinha batido contra a pilha de crânios, deslocando a camada de cima. Rolei, tentando me afastar dos crânios, e parei de lado.

— Mmf — disse Fê, em voz abafada. — Saia de cima de mim!

— Desculpe! — respondi, lutando para me sentar. Abri e fechei os olhos imediatamente. O lugar estava muito claro, ou pelo menos parecia, aos meus olhos acostumados com o túnel. Vi o motivo quando os entreabri, olhei para o teto e ali estava a luz-das-bruxas que havia deixado para trás.

Enquanto Fê sacudia a poeira das asas, olhei o calabouço ao redor. Vovô havia sumido e a pilha de crânios estava desarrumada, mas, fora isso, era como quando havíamos partido.

— Imaginem só — disse um dos crânios que eu havia derrubado. — É aquela garota desajeitada e o seu pretendente, de novo.

— Não seja grosseiro — respondeu um crânio na pilha.

Uma mão se levantou do monte de ossos e balançou os dedos para mim.

— Olá — disse o crânio. — É bom vê-la novamente. Fez boa viagem?

— Muito engraçado — disse o primeiro crânio. — E você disse que *eu* era grosseiro.

— Foi boa, obrigada — respondi, pegando um crânio e recolocando-o na pilha.

— Aqui, Emma — disse Eadric. — Eu faço isso. — Ignorando os resmungos dos crânios, Eadric refez a pilha, mais arrumada do que antes.

Enquanto Eadric punha o último crânio na pilha, enfiei a mão na bolsa e disse:

— Estou com o medalhão de Hubert. Obrigada por ter deixado que eu usasse.

— Hubert, pegue seu medalhão — gritou um dos crânios.

A pilha de ossos estremeceu enquanto uma mão subia e balançava os dedos. Entreguei-lhe o medalhão. Os dedos se remexeram até segurar direito, e depois a mão afundou de novo no monte.

— Podemos ir agora? — perguntou Fê.

— Antes de vocês irem — disse um dos crânios —, nós estávamos pensando se poderiam deixar essa bola de luz aí. É bom ter luz nesse lugar velho, mesmo que não haja muito o que ver.

— Certo — respondi. — Se vocês querem mesmo.

— E nós? — perguntou Eadric. — Como vamos enxergar no escuro?

— Não se preocupe — falei. — Sei o que estou fazendo.

Pronunciei o feitiço que transformava Eadric e eu em morcegos.

— Muito legal! — exclamou um crânio, e várias mãos na pilha de ossos formaram pares e aplaudiram.

— Morcegos de novo? — perguntou Eadric. — Não poderíamos tentar outra coisa?

— Não, se quisermos voar no escuro — respondi, testando minhas asas.

Quando saímos do calabouço, descobrimos que a masmorra havia mudado de novo. A magia solta na masmorra vivia alterando as paredes. Uma nova parede bloqueava a passagem que tínhamos usado antes, por isso precisamos pegar um caminho diferente que serpenteava e virava em todo tipo de ângulos estranhos. Só esbarramos em névoa mágica uma vez, e foi num trecho tão pequeno que eu mal notei, antes de sairmos novamente.

Estávamos passando pela sala de guarda quando encontramos um trio de fantasmas.

— Como vocês planejam assustar as pessoas hoje? — perguntou um espectro de voz oca. — Vou esperar até eles se sentarem para o jantar, depois vou berrar sempre que alguém enfiar a faca no bife.

— Vou assombrar os quartos — disse outro. — Um machado sangrento à meia-noite sempre provoca boa reação.

Um fantasma com tom arroxeado na aura falou em seguida:

— Posso suplantar vocês dois. Vou me vestir de guarda e assombrar a latrina. Vou me esconder no buraco, e sempre que alguém se sentar, eu gemo: "Quem está aí? Diga o que veio fazer!"

Os outros fantasmas deram risinhos, mas eu estava com raiva demais para achar aquilo engraçado. A maioria dos fantasmas do castelo era amigável; os poucos que não eram ficavam na masmorra e nunca incomodavam ninguém lá em cima. No entanto, aqueles fantasmas estavam tramando para aterrorizar os habitantes do castelo, e eu não achava que esta seria a primeira noite deles. Tinha certeza de que não poderiam ter mudado tanto, a não ser que alguém os houvesse influenciado, e fazia uma boa ideia de quem poderia ter sido.

Quando finalmente chegamos ao quarto de Gramina, transformei-nos de volta em humanos antes de bater à porta. Eu tinha muito a dizer a Gramina, e causaria um impacto maior se não o fizesse sob a forma de morcego. Ninguém atendeu quando bati, por isso abri a porta e espiei, esperando encontrá-la assim mesmo. Gramina não estava lá, mas o rato Pústula estava sentado no cobertor mofado dela, comendo uma velha casca de melão.

— Você voltou — ele disse, balançando o pequeno focinho pontudo para mim. — Uma pena ter conseguido. Se veio procurar Gramina, ela não está aqui.

— E onde ela está?

O rato deu um risinho.

— Como é que eu vou saber? Eu fico preso aqui o dia inteiro, mas andei pensando em dar um passeio lá em cima.

— Pode ir. E o gato maior e mais maligno que você já viu estará esperando você.

Pústula rosnou, mostrando os dentes.

— Talvez eu espere.

Eadric e Fê estavam xeretando a bancada de Gramina, examinando frascos cheios de água contendo um bebê polvo, um bebê tubarão e um caranguejo minúsculo. Numa gaiola pequena havia um hamster minúsculo coberto de pelos longos e fofos.

— O que é isso? — perguntou Eadric, levantando a tampa do caldeirão da minha tia. — Tem cheiro de repolho podre.

Arrancando a tampa de sua mão, eu disse:

— Não toque em nada! Nunca se sabe o que ela está preparando. — Dei uma espiada no caldeirão, onde uma substância cor de lavanda borbulhava e soltava vapor.

— Largue isso — guinchou Pústula. O rato sarnento correu pelo chão e subiu pela perna da bancada de Gramina. — Aah, Gramina vai ficar furiosa! Ninguém deveria mexer nisso, a não ser ela! — O rato mostrou os dentes e tentou derrubar a tampa da minha mão.

— Cuidado! — falei, recuando um passo.

Pústula se levantou nas patas traseiras e tentou pegar a tampa. Uma grande bolha estourou, espalhando gotas reluzentes, e algumas pousaram sobre o rato agitado. Pústula guinchou e caiu na mesa, rolando para trás e para a frente enquanto seus pelos pegavam fogo. Quando ele começou a se encolher, pensei que meus olhos estavam me enganando; mas quando seu pelo começou a crescer, tive certeza de que era por causa da poção de Gramina. O pelo de Pústula, que era cheio de falhas, ficou longo e luxuriante. Enquanto eu olhava, o pelo foi crescendo até que a cara e os membros dele ficaram escondidos por uma cobertura densa e marrom.

— Vocês, idiotas, vivem se metendo nas coisas dos outros. Um mosquito tem mais cérebro do que vocês três juntos!

Outra bolha subiu ao topo e eu pus a tampa no lugar antes que ela estourasse. Um pouco de pó cor de lavanda fora deixado na borda do caldeirão, mas a tampa soltou-o, e o pó caiu lentamente sobre o rato que arengava, cobrindo-o com uma camada fina.

— Vocês são imbecis — continuou ele. — Devem ser as criaturas mais estúpidas e desajeitadas que já vi. Se eu tivesse a metade da falta de jeito de vocês...

— Já chega — falei. — Se não pode dizer nada gentil, não diga nada! — Era algo que eu tinha ouvido a cozinheira dizer às criadas fofoqueiras, e isso sempre as fazia parar. Mesmo assim, fiquei surpresa quando a boca de Pústula se fechou com um estalo.

Fê piscou e me olhou.

— Você acha que o pó fez isso também?

— Talvez — respondi. — Uma pena a gente não ter descoberto isso antes.

Pensei em deixar um bilhete para a minha tia, dizendo que queria conversar com ela, depois concluí que ela provavelmente não o leria. Quando subimos, Fê voou até a torre para tirar um cochilo, enquanto Eadric saía para ver como estava País Luminoso, e eu ia falar com Gramina sobre os fantasmas.

Parei para perguntar a uma criada se ela vira minha tia. A garota estava com uma expressão estranha, de pânico, embora eu não tenha dado muita atenção, até que ela falou. Sua boca se abriu e os lábios se moveram, mas nada saiu, a não ser uma bolha brilhante que foi ficando maior e mais comprida quanto mais ela falava. Quando fechou a boca, a bolha flutuou livre e subiu para o teto.

Tentei dizer: *O que há de errado com você?*, mas não conseguia fazer nenhum som, não importando o quanto tentasse. Em vez disso, senti uma bolha se formar entre os lábios. Quanto mais tentava falar, maior a bolha ficava. Gesticulei, tentando dizer à criada que não entendia o que estava acontecendo, mas não conseguia fazer com que ela entendesse. A criada deu de ombros e apontou para o teto. Olhei para cima, e meu queixo caiu. O teto estava coberto por centenas de bolhas brilhantes.

Gramina — pensei, trincando os dentes.

Fui ao Grande Salão, decidida a encontrar minha tia, mas em vez dela encontrei mamãe. Quando me viu, ela me entregou um alfinete comprido e levantou outro. Fiquei confusa.

— Mamãe — falei —, o que está acontecendo? — ou pelo menos foi o que tentei falar. Uma grande bolha flutuou dos meus lábios, mas antes de ela ter ido longe, minha mãe acertou-a com seu alfinete. A bolha estourou, e minhas palavras saíram tão claramente quanto eu pretendera.

Então foi a vez da minha mãe. Ela apontou para meu alfinete e abriu a boca, soltando uma bolha depois da outra. Ainda que eu tentasse estourá-las e ouvir o que ela dizia, mamãe estava falando tão depressa que suas palavras saíram num amontoado louco.

— Os pais de Eadric vão chegar esta tarde — disse uma bolha.

— Você vai usá-los, quer goste deles ou não — disse outra.

— Isso tudo é culpa de Gramina

— Onde você esteve?

— Mandei fazer três vestidos para você.

— O torneio começa amanhã.

— Tivemos de encomendar mais tendas.

— Você não fez as provas das roupas.

— Não consigo que nada seja feito.

— Ela está deixando todo mundo louco.

Ainda que eu provavelmente tenha perdido mais bolhas do que as que estourei, fiquei sabendo que os pais de Eadric chegariam naquela tarde e que o feitiço havia me trazido na véspera do início do torneio, o que significava que não havia muito tempo. Antes de qualquer coisa, precisava localizar Gramina e conseguir que ela tomasse uma providência com relação ao feitiço das bolhas.

Revirei o castelo, interrogando todo mundo que encontrava, mas ninguém sabia da minha tia. Isso demorou mais do que o normal, já que todos falavam através de bolhas. Quando ninguém no castelo pôde dizer onde ela estaria, decidi ir para fora das muralhas e finalmente encontrei Gramina ajoelhada na beira do fosso, tentando atrair um monstro gosmento para fora da água.

O monstro, um grande saco transparente cheio de dezenas de olhos que flutuavam numa gosma verde-clara, deixava uma película de gosma em tudo que tocava. Movia-se puxando o corpo sem ossos sobre tentáculos informes que pingavam.

— Que negócio é esse, Gramina? — perguntei, surpresa porque as palavras saíam da minha boca e eu não estava mais fazendo bolhas. — Você confinou o feitiço das bolhas de voz aos aposentos superiores do castelo, não foi? Ele não funcionou fora das muralhas nem na masmorra.

Gramina deu um tapinha no mostro de gosma, depois enxugou a mão no vestido.

— Bom para você, dama genial. Quanto tempo demorou para deduzir?

Gorgolejando baixinho, o monstro escorregou de volta para o fosso.

— Vamos receber visitas logo — falei — e não podemos estar com seu feitiço de bolhas ativo quando elas chegarem.

Gramina fez uma careta que seria amedrontadora se eu não a conhecesse.

— Por quê? — perguntou ela. — Eu gosto de bolhas. Você não?

— Claro que gosto de bolhas, mas acho que você gosta demais. E se esse é o caso... — O feitiço era simples, e eu o disse antes mesmo de ela deduzir que era um feitiço.

> Como gosta tanto de bolhas,
> Para uma bolha deve ir agora.
> Nessa bolha ficará
> Até que suas bolhas vão embora.

O som não sairá
Mesmo que você berre.
Se quiser se libertar
É fácil: seu feitiço encerre.

Gramina levantou a mão para evitar o feitiço, mas era tarde demais. Uma gigantesca bolha reluzente se formou ao redor da minha tia. Ela soltou um gemido angustiado que se interrompeu quando a bolha ficou pronta. Mesmo não podendo ouvi-la, eu podia vê-la claramente, e dava para perceber que estava furiosa. Seu rosto se contorcia de raiva, ela batia com os punhos na bolha. Nada aconteceu, até que, muito lentamente, a bolha começou a rolar na direção em que ela batia. Pude ver que estava gritando comigo, mas, mesmo assim, eu não escutava nada.

A bolha caiu espirrando, água que encharcou meu vestido e empurrou o monstro de gosma até a metade do fosso. Gramina apertou as mãos contra a lateral quando a bolha bamboleou e quicou. Tentou manter o equilíbrio enquanto flutuava na água, mas alguma coisa grande deve ter acertado a bolha por baixo, porque ela subitamente disparou no ar e depois caiu de novo, mais adiante no fosso. Gramina caiu de joelhos, e pude vê-la olhando para a água. Seus lábios estavam se movendo quando o monstro veio à superfície. Era um cruzamento entre peixe e algum tipo de lagarto, tinha dentes longos e afiados, barbatanas pontiagudas e cauda serrilhada. Qualquer que tenha sido o feitiço que ela disse, não surtiu efeito, tampouco os dentes do monstro surtiram, quando ele tentou morder a bolha. Ainda que eu não pudesse escutar Gramina, o rangido dos dentes do monstro raspando a bolha fez com que eu me encolhesse.

A bolha continuou flutuando, cutucada pelo focinho do monstro. O rosto de Gramina ficou vermelho e pequenas veias saltaram em sua testa. Ela me olhou furiosa até que o monstro acertou a bolha de novo, lançando-a adiante na água. Aparentemente, o monstro a deixara suficientemente furiosa para que a vingança se tornasse mais importante do que suas bolhas. Depois de me olhar uma última vez, ela assentiu e recitou um feitiço. Quando terminou, a bolha brilhou mais do que antes, e depois estourou com um *POP* alto.

Gramina berrou enquanto caía na água, mas o som vindo do castelo foi mais alto ainda. Todas as palavras presas nas bolhas desde o momento em que ela fizera o feitiço foram soltas de repente. Fiquei deliciada, até que notei que minha tia desaparecera por baixo da superfície e ainda não havia subido. Mesmo sabendo que ela era capaz de nadar, só Gramina sabia que tipo de monstros ela havia soltado no fosso. Eu estava tentando decidir o que fazer para ajudá-la quando sua cabeça rompeu a superfície e ela respirou.

— Precisa de uma mão? — perguntei.

Ela balançou a cabeça e se virou no instante em que o monstro saiu da água e a encarou, faminto. Era enorme, com tamanho quase igual à largura do fosso, e certamente me amedrontou. Ouvi Gramina murmurar alguma coisa, mas não pude entender o que era, porém não estava prestando atenção de fato, porque o monstro havia começado a se mexer. Balançando a cauda de um lado para o outro, partiu para cima da minha tia, que ainda estava se sacudindo na água. Antes que eu pudesse alertá-la, ela desapareceu com um clarão luminoso e amarelo, e o maior tubarão que já vi estava nadando em seu lugar. O monstro girou e deu-lhe as costas, fugindo de minha tia a toda velocidade. Batendo os dentes, Gramina partiu atrás dele, mergulhando enquanto os dois desapareciam na curva do fosso. E pensar que eu havia me preocupado com ela!

Treze

Encontrei Eadric no estábulo com País Luminoso.

— Seus pais devem chegar esta tarde — disse eu. — Preciso ir agora, se quiser voltar antes disso.

— O que você pretende fazer? — perguntou ele.

— Procurar a Fada do Pântano, claro. Vou pedir que ela retire o feitiço. Ele foi lançado há tanto tempo que não posso imaginar que ela ainda tenha ressentimentos contra nossa família. Provavelmente já esqueceu de tudo.

Eadric assentiu.

— Só me dê um minuto para me preparar.

— Não precisa...

Ele suspirou e coçou a testa como se ela doesse.

— Já conversamos sobre isso antes. Não quero você saindo sozinha se houver a menor chance de ser uma aventura perigosa. Vou com você e pronto. Aonde você quer olhar? Poderíamos começar procurando perto do rio, onde a conhecemos quando éramos sapos.

— Foi o que pensei. Só temos de esperar que ela esteja lá, porque não sei onde mais procurar.

Montei na garupa de País Luminoso, atrás de Eadric, e partimos pouco depois. Tentamos fazer os planos no caminho, o que era difícil, já que não sabíamos o que esperar.

— Então só vamos pedir que a fada acabe com a maldição, certo? — perguntou Eadric.

— É a primeira coisa que tentaremos.

— O que você vai fazer se ela recusar? Ela vai, você sabe. Ela é desse tipo de fada.

— Não pensei tanto.

— Então vou sugerir o seguinte: pense num feitiço antecipadamente, e quando ela não estiver olhando, faça algo que a obrigue a tirar a maldição.

— Mesmo se eu quisesse fazer algo assim, não funcionaria com uma fada. A magia das bruxas nunca funciona com fadas.

— Você já tentou?

— Não, mas...

— Então como sabe que não daria certo?

— Porque Gramina me ensinou, há muito tempo, que as fadas não são afetadas por magia comum. A magia delas é completamente diferente da nossa. — Geralmente eu gostava da companhia de Eadric, mas às vezes ele era um tremendo chato.

Eadric resmungou e disse:

— Você tem outro plano?

— Tenho, mas nem de longe é tão bom quanto o primeiro.

— Então estamos encrencados, não é?

— Espero, sinceramente, que não — respondi, mas tinha a sensação de que ele estava certo.

Na última vez em que tínhamos ido ao rio, Eadric e eu éramos sapos, e tia Gramina havia nos levado. Desta vez, a viagem foi muito mais rápida, em parte porque estávamos a cavalo, e em parte porque sabíamos aonde íamos. Não demorou muito até vermos o rio por entre as árvores mais adiante, mas foi preciso procurar um pouco para encontrar o local onde havíamos conhecido a fada. Quando encontramos uma clareira que parecia promissora, Eadric desceu e me ajudou a apear de cima de País Luminoso.

Pondo as mãos em concha ao redor da boca, gritei:

— Fada do Pântano! Precisamos falar com você.

— Você não tem um nome melhor para ela do que Fada do Pântano? — perguntou Eadric. — Como Petúnia, ou algum nome típico de fada?

Balancei a cabeça.

— Não sei de nenhum outro nome para ela. Diga, se você ficar sabendo de algum.

— É só que parece idiota ficar chamando "Fada do Pântano" desse jeito.

— Desculpe — falei, ficando ainda mais exasperada com seu conselho inútil. Dando-lhe as costas, tentei chamar de novo. — Fada do Pântano, você está aí?

Como não houve resposta, trinquei os dentes e disse:

— Talvez estejamos no lugar errado. Vamos tentar perto do rio.

Saímos da clareira, abrindo caminho por trechos de flores silvestres e arbustos de aparência raquítica. Espinhos se prendiam nas minhas saias, fazendo-me ir mais devagar, enquanto Eadric passava por mim e chegava primeiro ao rio, mesmo puxando País Luminoso. Eu já ia começar a chamar a Fada do Pântano de novo quando notei uma coisa que não estivera ali antes. Alguém havia construído uma pequena cabana ao lado da água, a pouca distância rio abaixo. Era uma cabana aconchegante, bem nova, com teto de palha recente e uma porta trançada com juncos ainda verdes.

— Você não acha que a Fada do Pântano mora aí, acha? — perguntou Eadric.

Dei de ombros.

— Acho possível.

Estávamos nos aproximando da cabana, procurando alguma pista de quem pudesse morar ali, quando País Luminoso relinchou, e a porta se abriu de repente. Um homem saiu, abrigando os olhos por causa do sol da tarde. Era Haywood.

— Olá! — gritou ele. — São vocês, Emma, Eadric?

— Haywood — respondi. — O que está fazendo aqui?

— Eu moro aqui, agora. — Ele indicou a cabana. — O que acham? É a casa da qual lhe falei. Eu mesmo construí.

— Muito boa — respondi.

— Não era aqui que você morava quando era uma lontra? — perguntou Eadric.

— O local exato. Eu estava morando na cidade, até que meu senhorio me expulsou. Minha magia ficava abrindo buracos no teto de palha dele. Eu tinha muitas lembranças boas deste lugar e não sabia para onde ir.

— Você poderia ter voltado ao castelo dos meus pais.

— Não com Gramina agindo comigo daquele jeito. Além disso, não queria dar mais trabalho do que já havia dado. Querem entrar? É agradável aqui dentro.

Acompanhei-o pela porta enquanto Eadric amarrava as rédeas de País Luminoso a uma árvore.

— É muita gentileza sua... ah, que coisa!

Era óbvio que a magia de Haywood estava melhor. A cabana, que parecera tão pequena por fora, era espaçosa por dentro e me fez lembrar da antiga sala de Gramina na torre. Mesmo eu sabendo que as paredes eram de algum tipo de reboco, o teto era de palha e o piso, de terra batida, não pareciam assim: tudo parecia feito de pedra. Uma grande bancada ficava junto a uma parede, e no canto havia uma cama de madeira. O fogo ardia na lareira, mas eu não vira sinal de chaminé nem de fumaça pelo lado de fora. Um cão estava diante da lareira, e balançou o rabo ao me ver.

— Velgordo veio me visitar — disse Haywood. — Ele só aguenta sua avó por algumas semanas de cada vez. Eu lhe disse que ele podia ficar aqui quando precisasse se afastar dela.

Assenti, já que reconhecera o animal. Velgordo, o ex-feiticeiro, parecia saudável e bem-alimentado.

Haywood indicou que nos sentássemos em seu banco único. Quando estávamos acomodados, ele sentou-se ao nosso lado e perguntou:

— O que os traz aqui?

— Descobri quem fez a maldição contra minha família. Vim pedir que ela a retirasse. Você não viu a Fada do Pântano, viu?

Haywood saltou de pé.

— Foi ela que fez aquilo?

Eadric assentiu.

— A maldição dizia que um beijo de amor verdadeiro também quebraria o feitiço.

Haywood ficou em dúvida.

— Um beijo? Quer dizer que alguém teria de beijar...

— Gramina — completou Eadric. — E se você ainda a ama, esse alguém teria de ser você. Você ainda a ama, não é, Haywood?

— Bom — respondeu Haywood, relutante. — Eu amo a pessoa doce que ela era, mas ela não é mais aquela pessoa, não é? Vocês sabem que Gramina não gosta de mim. Mesmo que eu quisesse beijá-la, não creio que ela me deixaria chegar suficientemente perto, mas acho que eu poderia tentar quando ela estivesse dormindo.

— A maldição falava sobre enxergar o eu verdadeiro dela no olhar — disse Eadric. — Isso não significa que os olhos dela têm de estar abertos?

— Provavelmente — concordei. — Acho que a maldição tem a ver com o amor, e não se você pode ou não se esgueirar para perto de alguém. É por isso que precisamos falar com a Fada do Pântano. Você não a viu recentemente, viu?

— Ela costuma cochilar embaixo do velho salgueiro à tarde. Mas se foi ela que amaldiçoou sua ancestral, não creio que adiantaria conversar. Não a conheço bem, mas pelo que ouvi dizer, é mais provável a Fada do Pântano colocar outra maldição em vocês do que ajudar. Seria bom pensarem em dar meia-volta e ir para casa. Por pior que seja a maldição, existem coisas ainda muito piores.

— Não posso desistir, Haywood. Gramina vive pregando peças nas pessoas e tornando nossa vida um tormento. Não creio que possamos aguentá-la por muito tempo, mas ela não tem intenção de ir embora. O único modo de eu tornar o castelo um lugar possível de morarmos é transformar Gramina de volta no que ela era.

Haywood balançou a cabeça.

— Só posso desejar boa sorte, porque vocês vão precisar. O velho salgueiro não fica longe daqui. Posso mostrar o caminho, se quiserem.

Acompanhado por Velgordo, que tinha de parar para farejar todos os cheiros interessantes, Haywood nos levou até uma encosta íngreme, depois parou e apontou. A encosta descia até o rio, e em sua base crescia um salgueiro tão velho que as raízes pareciam ser a única coisa que segurava o barranco da margem, para não despencar. Haywood foi embora depois de tentar nos dissuadir mais uma vez. Velgordo já havia dado no pé, seguindo a trilha de algum animal.

Eadric e eu descemos a encosta até o salgueiro, mas não vimos nenhum sinal da fada. Com cuidado por causa dos insetos que costumam viver nos salgueiros, empurrei as folhas compridas, penduradas, e olhei de novo. À primeira vista, não parecia haver ninguém no mundo esverdeado sob a árvore.

— É ela? — perguntou Eadric. Ele indicou um ponto reluzente preso a uma das folhas que balançavam devagar.

— Fada do Pântano! — chamei, tentando manter a voz suave para não espantá-la. — Fada do Pântano, precisamos falar com você.

O ponto estremeceu, e de repente a Fada do Pântano, com seu tamanho todo, estava parada diante de nós, esfregando os olhos e bocejando. O cabelo azul estava desgrenhado e com mais fios grisalhos do que eu lembrava, e a saia de pétala de flor estava amarrotada. Ela bateu na boca, enquanto bocejava de novo, e disse:

— O que vocês querem? Ninguém disse para não mexerem com fadas que estivessem dormindo?

— Achei que esse alerta só valia com os cachorros que estivessem dormindo — respondeu Eadric.

— Não importa. — Depois de examinar nossos rostos através dos olhos apertados, ela disse: — Não conheço vocês de algum lugar?

Isso era encorajador. Pelo menos ela se lembrava de nós.

— Nós nos conhecemos numa festa há muito tempo — respondi.

— Deve fazer muito tempo. Eu não vou mais a festas.

— Foi uma festa de aniversário — disse Eadric. — Serviram uma comida ótima.

— Verdade? — perguntou a fada, os olhos se iluminando.

— E uma cerveja excelente — completei.

— Ah, aquela festa — disse a Fada do Pântano. — É, faz um bom tempo. Como vocês foram lá?

— Sou uma bruxa — respondi. — E parente de Hazel. Por isso, estamos aqui. Você lançou uma maldição contra nossa família quando saía da festa.

Os olhos da Fada do Pântano se estreitaram.

— Eu me lembro. Sua parente foi muito grosseira.

— Eu sei, e lamento muito. Também não gostei muito dela. Mas já faz muito tempo, e nós estávamos imaginando se você poderia retirar a maldição agora.

A fada balançou a cabeça.

— Nunca retirei uma maldição que eu tenha lançado. Isso significa admitir que estava errada, e eu nunca erro.

— Mas já faz centenas de anos! Gerações da minha família sofreram por causa da sua maldição. Isso não basta?

— Não, eu já disse. Ela foi muito grosseira.

— E se nós lhe déssemos alguma coisa em troca? — perguntou Eadric. — Emma tem um pouco de bafo de dragão.

— Eadric, eu não creio...

— Não, obrigada. Já tenho um frasco cheio. Ganhei de uns sapos com caras de idiotas há um tempo.

— Caras idiotas? — disse Eadric. Quando vi os músculos de seu rosto se retesando, soube que estávamos encrencados. — Se quer saber quem tem cara de idiota, olhe-se num espelho.

— Ah, Eadric... — comecei.

— Como você ousa?! — exclamou a fada. O ar em volta começou a tremeluzir, mas antes que ela pudesse levantar os braços, Velgordo, o cão, desceu disparado a encosta, latindo para um coelho que ele estava caçando. Correndo de um lado para o outro, o coelho se desviou da fada, mas foi espantado de volta por Velgordo. A fada berrou quando o coelho passou por cima dos seus pés, deixando pegadas sujas nos dedos.

Segurando o cinto de Eadric, puxei-o para fora do salgueiro.

— O que você está fazendo? — perguntou ele depois de termos subido o barranco correndo. — Ela ainda não fez nada com relação à maldição.

— E não vai fazer, depois de você insultá-la — respondi, puxando seu braço para fazer com que ele continuasse andando. — Para o caso de você não ter notado, ela ia transformá-lo numa lesma ou em algo igualmente repulsivo. Temos de sair daqui. Não sei até que distância uma fada pode lançar uma maldição.

Eadric e eu corremos de volta em direção à cabana de Haywood. Quando o salgueiro estava bem longe, Eadric se virou para mim e disse:

— Você deveria ter usado sua magia e feito com que ela retirasse a maldição, quando teve a chance.

— Eu lhe disse: minha magia não funciona com fadas — reagi rispidamente. — Se tivesse tentado, nós *dois* teríamos sido transformados em lesmas. Precisamos falar com o Haywood de novo.

— De que adianta? — resmungou Eadric. — Ele já se recusou a ajudar.

Tínhamos quase chegado à cabana de Haywood quando Velgordo surgiu trotando ao meu lado, com um ar satisfeito em seu rosto canino.

— E este — disse ele — foi o segundo! — Balançando o rabo, Velgordo desapareceu no mato baixo.

Paramos para olhar um trecho de flores silvestres que se agitou com a passagem do cão.

— O que ele quis dizer com isso? — perguntou Eadric.

— Acho que ele não pretende ser cão por muito mais tempo. Creio que está tentando fazer favores para estranhos, para quebrar o feitiço e virar humano de novo.

— E distrair a fada foi o segundo? Qual você acha que pode ter sido o primeiro?

— Ele me salvou de um gato — respondi. — Velgordo era um humano péssimo, mas é um cão muito bom.

Haywood não ficou surpreso quando lhe contamos que a fada havia se recusado a tirar a maldição. Ele assentiu.

— Odeio falar "eu não disse?".

— Nós imaginamos se você poderia nos ajudar — falei.

Haywood franziu a testa.

— Não posso. Seria quase impossível até mesmo conseguir que Gramina falasse comigo.

— Você poderia tentar, não é? Se beijá-la, ela vai se transformar de volta na Gramina doce, de antigamente, e você já disse que era ela a quem você amava.

— Pense nisso, Emma. Gramina não quer nada comigo e me ameaça, se eu chegar perto. Quem sabe o que ela faria se eu tentasse beijá-la? Poderia fazer uma coisa para prejudicar todos nós, e eu nunca me perdoaria se algo acontecesse a vocês dois. Vocês terão de aprender a viver com ela como ela é, ou encontrar algum modo de fazer com que ela se mude.

— Por favor? — pedi. — Não é só por causa de Gramina. Também há o Eadric e eu.

— Hein? — perguntou Eadric. — O que você está falando?

— Eu quero casar com você, Eadric, mas se não dermos um jeito de acabar com a maldição, não posso me casar com você nem com mais ninguém.

— Emma, você não pode estar falando sério! Você sabe quanto eu quero casar com você. Eu a amo!

— E eu também amo você, e por isso não posso me casar, com a maldição pairando sobre nós. Não quero que lhe aconteça a mesma coisa que aconteceu com meu avô. Não quero que você termine casado com alguém tão maligna a ponto de achar que viver na masmorra seja preferível a viver com a própria esposa.

— Só porque isso aconteceu com eles, não significa que vá acontecer com a gente. Não teremos nenhuma flor no castelo, e você poderá...

— Eadric, não vai dar certo. Sempre haverá a chance de eu entrar em contato com alguma flor por acidente. Veja o que aconteceu com Gramina quando minha avó fez todas aquelas flores mágicas caírem sobre ela.

— Então teremos de fazer o que for necessário para acabar com a maldição, não é? O que você acha, Haywood? Vai tentar?

Haywood suspirou.

— Se isso significa que há uma chance de eu conseguir minha Gramina de volta e que vocês dois possam se casar, sim, eu tento. Mas não posso garantir nada.

— Não esperamos que você garanta, não é, Eadric?

— Bom, seria legal — murmurou Eadric baixinho.

— Estarei lá amanhã — disse Haywood. — Primeiro tenho umas coisas a fazer.

Estava escurecendo quando Eadric e eu voltamos ao castelo, e esperava ver Fê saindo à caça de insetos. Mas a área ao redor do castelo estava curiosamente silenciosa, e fiquei sabendo o motivo quando País Luminoso empinou de repente, quase nos derrubando.

— O que aconteceu? — perguntou Eadric a País Luminoso, dando um tapinha no pescoço do cavalo que se desviou nervoso para a lateral da estrada.

— Vocês não viram? — perguntou o cavalo. — Um bicho enorme, escamoso, acabou de passar correndo na minha frente. Olhou diretamente para mim e esticou a língua!

— Provavelmente foi Gramina — falei. — Ela deve ter saído para passar a noite fora.

— Gramina é um monstro escamoso agora? — perguntou País Luminoso.

Confirmei com a cabeça.

— Ela gosta de se transformar em lagarto. Há algumas semanas tentou ser um lobo. Quem sabe o que vai experimentar em seguida?

Como havíamos perdido o jantar, Eadric e eu fomos direto à cozinha, arranjar algo para comer. Ele havia ficado amigo de todos os empregados da cozinha em suas visitas frequentes, de modo que eles adoraram vê-lo. Depois de passarem alguns minutos conversando sobre sua última estadia, a cozinheira disse:

— Sabemos de onde você puxou esse apetite. Seu pai come mais ainda do que você!

— Meus pais estão aqui? — perguntou Eadric.

— Chegaram logo antes do jantar. "Bem na hora", eu disse, quando soube como sua majestade estava faminta. Tive de cozinhar enguias extras só para ele.

Eadric riu.

— Meu pai gosta de enguias, mas elas lhe dão uma indigestão horrível.

— Você realmente puxou a ele, não foi? — falei beijando-o no rosto. — Venha, você pode me apresentá-los.

Eadric olhou para os pratos de sobras, com grande desejo.

— Certo — disse ele —, desde que a cozinheira guarde um pouco do jantar para nós.

A cozinheira riu.

— Não se preocupe, vamos guardar comida suficiente, até mesmo para você!

Estávamos saindo da cozinha quando Eadric me disse:

— É melhor eu avisar. Meus pais não são nem um pouco como os seus.

— Quer dizer que sua mãe é doce e amigável?

— Eu não iria tão longe — respondeu ele, rindo de novo.

— Eadric, meu garoto! — gritou uma voz profunda. Olhei para cima e vi um homem baixo e atarracado, com uma barriga redonda, vindo na nossa direção. Uma mulher alta, magra, de cabelos castanhos frisados, vinha logo atrás.

Eadric cumprimentou o casal e disse:

— Papai, mamãe, esta é a princesa Emeralda, a garota com quem vou me casar.

— Esta é a sua Emma? — perguntou o pai de Eadric. — Ora, ela é linda, meu garoto. Você arranjou uma das boas.

— Emma — disse Eadric —, este é o meu pai, o rei Bodamin, e esta é minha mãe, a rainha Frazzela.

— É um prazer conhecê-la, querida — disse a rainha em voz aguda e fina.

Mesmo em meio às formalidades dos cumprimentos reais, notei que as unhas da rainha eram roídas, curtas, e ela possuía rugas de preocupação permanentes na testa. *Eadric estava certo*, pensei. *Eles não são nem um pouco como os meus pais.*

Mais tarde, quando Eadric e eu finalmente tivemos um minuto a sós, eu disse:

— Seu pai é a primeira pessoa que diz que eu sou linda parecendo ser sincero. As únicas pessoas que disseram isso antes eram as que achavam que tinham de adular uma princesa.

— Eu acho você linda — murmurou Eadric.

— Só porque me ama.

— Hmm — disse ele, beijando-me antes que eu pudesse dizer qualquer outra coisa.

Quatorze

O dia seguinte amanheceu com um céu fechado, com um pesado cobertor de nuvens bloqueando o sol. O torneio para comemorar meu aniversário aconteceria no campo onde papai e seus cavaleiros geralmente treinavam com espadas e lanças. Carpinteiros haviam ocupado o campo durante semanas anteriores, construindo arquibancadas para a multidão que viria assistir e montando tendas para os cavaleiros competidores. O tapume de madeira que margeava todo o campo e o dividia em dois também estava pronto, com a estrutura coberta por panos coloridos.

Como eu não tinha visto Eadric no castelo, presumi que ele estivesse se aprontando para sua primeira disputa contra o tal Cavaleiro Negro. Havia se tornado moda os cavaleiros escolherem uma cor para sua armadura e depois usar a cor como seu nome durante o torneio. A cor de Eadric era prata, o que parecia maravilhoso quando ele estava em seu cavalo branco. Apesar de eu conhecer a maioria dos cavaleiros que iriam competir, não sabia que cores eles haviam escolhido. Com os rostos cobertos, não tinha como desconfiar de quem era quem até que eles tivessem competido e retirado os elmos.

Estava indo para o campo, esperando ver Eadric antes do início dos jogos, quando vi minha avó conversando com Oculura e sua irmã Dispepsia. Velgordo, o cão, também estava lá, farejando a bainha dos vestidos delas. Quando me aproximei das tendas mais próximas do castelo, vi Gramina correndo na direção do fosso. Estava carregando alguma coisa nos braços, mas, de longe, não dava para distinguir o que era.

A trombeta do arauto soou assim que comecei a ir em direção à minha tia.

— O rei Limelyn declarou que todas as lanças para este torneio devem estar com a ponta rombuda — anunciou o arauto. — Qualquer cavaleiro usando lança com ponta afiada será desclassificado.

Meu pai sempre ordenava que as lanças tivessem pontas rombudas, ainda que até mesmo lanças rombudas pudessem dar golpes violentos. Eu estivera tão preocupada com a maldição que nem pensara na segurança de Eadric, e de repente fiquei preocupada. A competição era perigosa, assim como a ameaça de magia desconhecida, que minha avó e Oculura haviam mencionado. Decidi fazer algo a respeito: nada que ajudasse Eadric a vencer, porque sabia que ele não admitiria isso, apenas algo que o impedisse de se ferir.

Encontrei um local discreto atrás de duas tendas onde ninguém poderia ver o que eu estava fazendo, e enfiei a mão na bolsa. Não havia nada muito adequado, mas encontrei uma moeda que serviria. Segurando a moeda numa das mãos, recitei um feitiço de saúde e segurança.

Mantenha quem usar esta moeda
A salvo de qualquer mal.
Mantenha-o saudável também,
Voltando sempre ao estado original.

Durante um segundo, a moeda reluziu num laranja brilhante, depois voltou ao tom de cobre característico. Quando ficou opaca de novo, peguei uma echarpe que pretendia dar a Eadric como símbolo de minha preferência e amarrei a moeda num dos cantos. Entregaria a ele assim que o visse.

A atmosfera festiva dos torneios sempre atraía pessoas de toda parte. Algumas vinham para competir, algumas para assistir, e outras para ganhar dinheiro. Menestréis, malabaristas e mercadores que vendiam comida e badulaques tentavam atrair a atenção de qualquer um que passasse. Esse torneio parecia especialmente popular, com plebeus e nobres que viajaram de longe, desde o reino de Eadric, Alta Montevista.

Caminhei por entre a multidão cada vez maior, procurando-o. Em vez disso, esbarrei em Haywood, que estava escutando um menestrel cantar sobre um príncipe encantado.

— Não é assim, de jeito nenhum — disse Haywood quando me viu. — Mas você sabe o que eu quero dizer, já que foi uma sapa. Todo mundo pensa que, quando a gente vira um animal, fica com saudade da vida humana. Mas não fica. A gente se acostuma a ser animal bem depressa. Demora muito mais para lembrar como é ser humano, quando a gente se transforma de volta. Ainda não dominei a situação, e já faz mais de um ano.

— Você foi uma lontra durante tempo demais — respondi.

— Verdade. Tenho certeza de que ainda demora um tempo. Vamos ver Gramina e acabar com isso. Não gosto mais de ficar no meio de multidões.

Encontramos Gramina junto ao fosso, onde eu a vira antes. Ela estava olhando para a água, murmurando sozinha, com o cabelo comprido e desgrenhado caindo em volta do rosto. Sua capa estava no chão, cobrindo uma coisa grande e volumosa.

— Tia Gramina — falei. — Há alguém que quer vê-la.

Ela virou a cabeça abruptamente e espiou Haywood através de sua cortina de cabelos.

— O que ele quer? — resmungou.

— Só falar com você.

— Bom, eu não quero falar com ele.

Haywood pigarreou e disse:

— Olá, Gramina. Como vai?

— Bem, desde que você foi embora. Por que não vai embora de novo, para eu ficar melhor?

— Não precisa ser assim, Gramina — ele falou. — Nós não conversamos há muito tempo e...

— Ainda não é tempo suficiente. Não vê que estou ocupada com coisas mais importantes do que falar com uma criatura imbecil e insignificante como você?

— O que está fazendo, tia Gramina? — perguntei.

— Nada — rosnou ela. — Agora vão embora e me deixem trabalhar mais um pouco.

— O que é isso? — Se alguém fosse fazer mau uso de magia no torneio, deveria ser Gramina. Estendi a mão para a capa, mas ela bateu na minha mão, afastando-a.

— Fique com as mãos longe disso, se não quiser perdê-las — disse, cuspindo as palavras.

— Tia Gramina — tentei de novo. — Descobri um modo de acabar com a maldição.

— Que maldição? Quer dizer, a maldição de ter parentes podres como vocês, que não deixam a gente em paz? Ou a maldição de paspalhos que têm cérebro menor do que de pulgas e não sabem quando desistir? O que preciso fazer para me livrar de vocês dois? Eu me transformaria em lagarto e comeria vocês dois se não estivesse tão ocupada. Agora me deixem em paz antes que eu transforme vocês em minhocas e os jogue no fosso. Não estou tão ocupada que não possa fazer isso!

— Mas tia Gramina!

— Agora! — rosnou ela, apontando um dedo para nós enquanto começava a murmurar um feitiço.

Eu poderia ter contrabalançado qualquer feitiço que ela tentasse lançar contra mim, mas isso não iria torná-la melhor. Lembrando-me das palavras da maldição, tinha certeza de que um beijo forçado não adiantaria. Pelo modo como Gramina estava agindo, não haveria outro jeito.

— Vamos, Haywood — falei, afastando-o da minha tia. — Voltaremos quando ela estiver mais bem-humorada.

— Estou num humor maravilhoso agora, sua idiota — gritou minha tia enquanto corríamos para o campo —, porque vocês dois estão indo embora!

Só paramos quando chegamos às primeiras tendas, e Haywood se virou para mim, dizendo:

— Não adianta, Emma. Eu não poderia chegar perto daquela mulher para beijá-la nem se quisesse. O único motivo pelo qual me dispus a tentar foi para ajudar você e Eadric, e isso provavelmente não bastaria para quebrar a maldição. Desculpe, Emma. Vou para casa.

Eu estava desesperada. Depois de tudo que havia passado, a maldição continuava forte como sempre.

— Tem certeza, Haywood? Você sabe que ela age assim por causa da maldição. Aquela ali não era a Gramina de verdade. Talvez seja diferente da próxima vez.

Haywood balançou a cabeça.

— Ela parecia bastante real para mim. Você sabe que ela não vai mudar. Adeus, Emma. Venha me visitar com Eadric uma hora dessas.

Fui na direção das tendas, mais arrasada do que nunca. Morria de medo de dizer a Eadric que não poderia me casar com ele, afinal de contas. Pior ainda, teria de viver com uma tia que piorava diariamente. Se ao menos Gramina pudesse ser gentil por alguns minutos!

Olhei para trás e vi minha tia se abaixando, derramando na água algo tirado de uma jarra grande. *Ela está aprontando alguma*, pensei, e me virei. Mas quando cheguei ao fosso, Gramina já havia apanhado sua capa e partido na direção da ponte levadiça.

Ajoelhando-me perto da água, tentei espiar nas profundezas, mas só vi bolhas verdes subindo à superfície. Estava pensando em usar um feitiço para chamar o que quer que fosse que Gramina tivesse posto ali quando ouvi as notas estridentes das trombetas dos arautos acima do clamor da multidão. Suspirei e espanei as saias, sabendo que teria de descobrir mais tarde o que Gramina fizera. O torneio já ia começar, e Eadric estava na primeira rodada.

Encontrei meu lugar na arquibancada, entre mamãe e a rainha Frazzela. Mamãe assentiu, aprovando meu vestido amarelo, um dos novos que ela mandara a costureira fazer enquanto eu estava no passado. A rainha Frazzela me deu um sorriso desanimado, mas parecia preocupada demais para se divertir.

— Odeio torneios — disse ela. — Alguém sempre se machuca. Pelo menos Bodi não compete mais. — Ela deu um tapinha na mão do marido, sentado na cadeira ao lado. Imaginei como o homenzinho gorducho teria entrado numa armadura. Ele sorriu para a esposa, tranquilizando-a, depois se virou para os cavaleiros que se aproximavam. Vestido com armadura prateada, Eadric montava País Luminoso, que saltitava ao lado do garanhão preto do Cavaleiro Negro, como se estivesse se divertindo tremendamente.

— Se ao menos Eadric parasse de competir! — exclamou sua mãe.

— Calma, calma, querida — disse o rei Bodamin. — É bom para o garoto. E quando você menos esperar, o Bradston aqui vai estar pronto. — O rei deu um tapinha na cabeça de um garoto de cerca de dez anos, sentado perto dele. — Princesa Emeralda — disse o rei —, este é o nosso filho mais novo, Bradston. — O garoto sorriu para o pai, mas o rei já havia olhado para o outro lado e não viu o sorriso se dissolver numa careta enquanto Bradston ajeitava o cabelo. Esticando a língua para mim, ele revirou os olhos e levantou a ponta do nariz com um dos dedos, ficando parecido com um porco.

Eu tinha ouvido falar do irmão mais novo de Eadric. Por causa de Bradston, Eadric havia se encontrado com a bruxa que o transformou num sapo.

— Prazer em conhecê-lo, príncipe Bradston — falei. Pela primeira vez na vida, fiquei feliz em ser filha única.

— Você terá de desculpar o moleque Brad — disse uma voz. Levantei os olhos e vi Eadric sorrindo para mim, montado em País Luminoso. — Geralmente ele cai no sono durante as aulas de boas-maneiras.

Sorri e enfiei a mão na bolsa para pegar a echarpe.

— Isto é para você, Eadric — falei, entregando-a.

Ele riu e enfiou-a no pescoço da armadura.

— Obrigado, minha dama. Usarei seu símbolo junto ao coração. — Bradston fez um ruído grosseiro, que todos fingimos não ouvir.

Imaginando contra quem Eadric iria competir, olhei para o Cavaleiro Negro, mas sua viseira cobria o rosto. Depois de saudar os dois casais reais, os cavaleiros viraram as montarias e trotaram pelo campo, assumindo posições em extremidades opostas da barreira de justa.

Empertiguei-me no assento quando as trombetas soaram, e o arauto anunciou:

— O Cavaleiro Prateado lutará contra o Cavaleiro Negro! — Então prendi o fôlego quando eles baixaram as lanças e dispararam.

Eu nunca vira Eadric disputar um torneio antes, mas o vira lutar com a espada contra uma aranha monstruosa. Ele havia me dito que era bom com a lança também, mas eu não sabia o quanto isso era verdade, até que Eadric disparou pelo campo. Com as costas retas, a lança apontada, os cascos do cavalo socando o chão, Eadric parecia o tipo de cavaleiro com armadura brilhante com quem quase toda princesa sonha. Era perfeito para mim, tão perfeito que fazia meu coração doer. Eu ainda precisaria lhe dizer que não podia me casar com ele.

Fiquei boquiaberta quando a lança de cada cavaleiro se chocou contra a armadura do oponente. As duas se partiram, e os cavaleiros foram adiante, incólumes. Cavalgaram de novo com lanças novas. Mais uma vez as lanças se partiram, com o som dos impactos fazendo com que eu me encolhesse. Na terceira corrida, a lança do Cavaleiro Negro se partiu enquanto a de Eadric permaneceu firme, derrubando o oponente. O Cavaleiro Negro caiu de costas com um som oco que sacudiu o chão e fez meu coração falhar uma batida. Apesar de eu estar torcendo por Eadric, mordi o lábio até que o Cavaleiro Negro se mexeu e alguns escudeiros ansiosos o ajudaram a ficar de pé. Eu odiava ver qualquer pessoa se machucando.

Olhei para a rainha Frazzela. Seu rosto estava pálido e gotas de suor haviam se formado no lábio superior.

— Eadric vai ficar bem — falei, pensando no feitiço de saúde e segurança.

— Se ao menos eu tivesse certeza! — respondeu a mãe dele.

Mesmo me sentindo tentada a lhe contar sobre o feitiço, não ousei, porque não sabia o quanto Eadric havia lhe dito sobre mim. Se fosse possível, preferiria não ser eu a contar que era feiticeira.

Enquanto Eadric trotava para esperar a próxima rodada, o Cavaleiro Vermelho ocupou seu lugar. Para surpresa de todos, outro cavaleiro de armadura prateada abriu caminho em meio aos escudeiros reunidos, assumindo a posição oposta. Quando o arauto se aproximou, o barulho da turba foi morrendo.

— Pode me anunciar como Cavaleiro Prateado — disse o recém-chegado.

— O senhor não pode ser o Cavaleiro Prateado — disse o arauto. — Já temos um. Só é permitido um de cada cor por torneio, portanto o senhor terá de sair.

— E se eu voltar com outra cor? — perguntou o cavaleiro, a voz abafada pela viseira.

— Tudo bem — respondeu o arauto.

Virando seu cavalo cinza de volta para o lugar de onde viera, o cavaleiro saiu do campo no momento em que o Cavaleiro Azul chegou. Era um homem grande e parecia imponente em sua armadura de um azul profundo, montado num garanhão castanho. Mas depois da segunda passagem, ele também estava caído de costas, olhando o céu.

Mal o Cavaleiro Azul saíra do campo ajudado, o cavaleiro no cavalo cinza estava de volta. Com armadura preta, posicionou-se e esperou que o arauto o anunciasse. De novo, a multidão ficou em silêncio quando o arauto se aproximou do cavaleiro.

— O senhor não pode usar esta cor, também — disse o arauto. — Já temos um Cavaleiro Negro. O senhor terá de encontrar uma cor que ninguém mais tenha reivindicado.

— Mas eu não tenho nenhuma outra armadura — protestou o cavaleiro.

O arauto deu de ombros.

— Talvez o armeiro da corte tenha algo que o senhor possa pegar emprestado.

O cavaleiro se inclinou adiante e tentou falar em tom discreto, mas eu ainda podia ouvi-lo.

— Tem certeza de que não posso usar isto? — perguntou ao arauto. — Odeio vestir armadura emprestada. Nunca se sabe quem a usou antes ou se está bem limpa.

— Desculpe, senhor cavaleiro — disse o arauto. — Regras são regras. Tenho certeza de que um dos rapazes mais novos ficaria feliz em lhe mostrar o caminho.

— Se for preciso — resmungou o cavaleiro, puxando as rédeas e fazendo o animal empinar, de modo que o arauto teve de pular de lado.

Quando chegou a hora de Eadric disputar outra vez, País Luminoso ficou pateando em seu lugar, no fim da barreira, obviamente se divertindo. Eu estava esperando o Cavaleiro Dourado, quando o homem do cavalo cinza retornou. Sua armadura era de uma cor incomum, uma mistura de marrom e púrpura. Desta vez, um murmúrio de expectativa percorreu a multidão quando o arauto se aproximou dele.

— Ora, esta é uma cor diferente — disse o arauto, com um sorriso largo. — Como quer que eu o anuncie?

— Como o Cavaleiro Púrpura, claro — respondeu o cavaleiro.

— Mas isto não é púrpura — observou um escudeiro parado ali perto.

— Isso é ridículo! — disse o cavaleiro. — Não me importa como você me chame! Basta anunciar.

O arauto riu.

— Como quiser, senhor cavaleiro. — O arauto soou sua trombeta de novo e gritou: — O Cavaleiro Cor de Burro Quando Foge!

Gargalhadas sacudiram a arquibancada. Estandartes balançaram, enquanto os escudeiros que os seguravam trocavam risos e zombarias. Aparentemente, isso deixou furioso o Cavaleiro Cor de Burro Quando Foge. Ele esporeou o cavalo até que a seda que cobria os flancos do animal se rasgou e o sangue escorreu. Rodeando o fim do tapume da justa, ele assumiu posição e esperou, com a lança apontada e pronta.

De novo prendi o fôlego quando Eadric foi para a posição. Quando a trombeta soou, os dois cavalos dispararam, os cascos trovejando em uníssono. As lanças se acertaram com estalos sonoros e os dois cavaleiros voaram dos animais, caindo de costas na poeira.

Saltei de pé, mas não podia ver em meio à confusão de corpos que rapidamente haviam cercado Eadric. Alguns homens ajudaram o Cavaleiro Cor de Burro Quando Foge a ficar de pé, e comecei a me preocupar quando Eadric não se levantou também.

— Sente-se, Emeralda — disse minha mãe. — Os homens cuidarão dele.

— Mas por que ele ainda não se levantou? — perguntei. — Já deveria estar de pé.

Com um suspiro e uma pancada fraca, a mãe de Eadric desmaiou. Todo mundo correu para ajudá-la, portanto ninguém notou quando eu passei por baixo do corrimão e corri até Eadric. Estava quase lá quando o Cavaleiro Cor de Burro Quando Foge o alcançou.

Eadric estava deitado de costas, com a lança do Cavaleiro Cor de Burro Quando Foge se projetando de sua armadura. Alguém já havia tirado o elmo de Eadric, e pude ver a palidez de seu rosto por baixo do cabelo grudado de suor. A multidão estava murmurando sobre lanças pontudas quando o Cavaleiro Cor de Burro Quando Foge segurou a lança e puxou-a.

Eadric gemeu e levantou a cabeça.

— O que aconteceu? — perguntou ele.

O Cavaleiro Cor de Burro Quando Foge levantou a lança e tentou cravá-la na armadura de Eadric. Ouvimos um estranho som de sino, e a lança ricocheteou de volta. Eadric ficou perplexo, mas não pareceu estar ferido.

Dois homens parados ali perto contiveram o Cavaleiro Cor de Burro Quando Foge enquanto outros ajudavam Eadric a se levantar.

— Deixe-me ver isso! — disse Eadric, pegando a lança nas mãos do outro cavaleiro. — Emma! — gritou ele, me procurando na multidão. Quando as pessoas se viraram e me viram, afastaram-se para que eu passasse. — O que acha disso? — perguntou ele, mostrando-me a lança.

Ela estava com a ponta afiada, como eu havia pensado, mas não era só isso. Mantendo a mão sobre a lança, pude sentir a magia rodeando-a.

— Alguém reforçou a ponta com um feitiço.

— A ponta, é? — disse Eadric. — Então vejamos o que isso faz. — Segurando a lança com as duas mãos, bateu seu cabo contra o joelho coberto pela armadura, partindo-o ao meio. — Agora vejamos quem está escondido atrás deste elmo.

O Cavaleiro Cor de Burro Quando Foge lutou para se afastar, mas dois homens corpulentos o seguraram com força, enquanto Eadric tirava o elmo de sua cabeça. Fiquei boquiaberta quando vi o rosto. Era o príncipe Jorge, filho do rei que havia comandado a invasão a Grande Verdor no último verão, e o homem com quem mamãe queria que eu me casasse antes de conhecer Eadric.

— Jorge! — exclamei. — Por que fez isso?

Jorge olhou para Eadric e, em seguida, para mim, com a expressão dura e furiosa.

— Vocês dois humilharam a casa real de Arídia do Leste. Era hora de aprenderem uma lição.

— Por isso você tentou matar Eadric? Que tipo de lição era essa?

— Uma boa lição — respondeu Jorge, parecendo presunçoso. — Eu mesmo a imaginei.

Eu não havia notado que a multidão tinha aberto caminho para o meu pai, até que o ouvi dizer:

— Prendam este homem!

O capitão da guarda foi na frente, enquanto três de seus homens arrastavam o príncipe Jorge para fora do campo.

Enquanto os homens de armas arrebanhavam a multidão de volta para a arquibancada, Eadric se virou para mim.

— O que aconteceu? Por que aquela lança não me matou?

— Lembra-se da echarpe que eu lhe dei? Coloquei nela um feitiço de saúde e segurança. Você ficou sem fôlego quando caiu, mas Jorge não poderia causar nenhum dano de verdade enquanto você estivesse carregando a echarpe.

Eadric franziu a testa.

— Achei que poderia ser algo assim. Aqui, pegue de volta — disse ele, enfiando a mão na armadura. — Não é uma luta justa se eu tiver alguma vantagem.

— Mas Eadric, Jorge não estava tentando lutar limpo. Ele queria matar você!

— E agora que está preso, não precisamos nos preocupar com ele, não é? Prometa que nunca mais fará algo assim. Não quero que você use magia comigo sem perguntar antes. Promete?

— Se for preciso — respondi. — Mas não acho certo. Eu só estava tentando mantê-lo em segurança.

— Eu sei — disse ele, me beijando na ponta do nariz. — E é por isso que não estou com raiva de verdade. Só não faça de novo. Entendido?

— Entendido — resmunguei.

A queda de Eadric havia abalado sua mãe a tal ponto que ela insistiu em que ele não disputasse mais naquele dia, pegando no seu pé até ele concordar. Depois, reclamando de dor de cabeça, ela voltou ao castelo para descansar, levando Bradston. Como não estava mais participando do torneio de justa, Eadric retirou a armadura e ocupou o lugar da mãe, ao meu lado.

Faltava muito para terminar o torneio, mas o resto me pareceu um anticlímax. Antes que mais cavaleiros se encontrassem no campo de justa, meu pai mandou que todos se aproximassem sem os elmos.

— Só para sabermos quem está aqui — disse ele.

A única surpresa foi o Cavaleiro Negro. Quando ele tirou o elmo, ninguém o conhecia, a não ser Eadric e eu. Era o príncipe Garrido, o vampiro que havíamos conhecido no tempo de Hazel.

Fiquei boquiaberta e me inclinei adiante na cadeira.

— Garrido, o que está fazendo aqui? — perguntei.

Ele sorriu.

— Olá, Emma. Não sabe como estou aliviado por finalmente encontrá-la. Eu a esperei durante anos.

— Esperou por mim? — perguntei, confusa.

— Na verdade, estava esperando Fê, mas sabia que só iria encontrá-la se pudesse encontrar você. Ela me contou um monte de coisas, inclusive sobre este torneio. Foi assim que soube onde procurá-la.

— Mas por quê? — Eu sabia que os vampiros eram imortais, mas tentar encontrar uma morcega específica depois de tantos anos não parecia fazer muito sentido.

— Porque percebi que Fê era meu único amor verdadeiro. Não me casei com Hazel nem com mais ninguém. Ninguém poderia se comparar com minha Fê.

— Fê? Quem é ela? — perguntou mamãe.

— Uma amiga minha — respondi. — Conheci-a pouco depois de conhecer Eadric.

Mamãe franziu a testa, a expressão mudando para um ar de perplexidade ao perceber que tipo de amiga Fê poderia ser. Eu havia feito vários amigos quando era sapa, e todos eram animais.
— Ela mora por aqui? — perguntou mamãe, olhando-me cheia de suspeitas.

— Na minha torre. Garrido, se quiser vê-la, ela está tirando um cochilo no depósito, agora mesmo.

— No depósito? — ecoou mamãe, com o rosto empalidecendo.

Apontei para o castelo.

— É a torre alta da direita — disse ao príncipe.

Rindo, Garrido fez uma saudação e saiu, com a armadura fazendo barulho pelo campo.

Mamãe puxou minha manga.

— Como ele vai entrar no aposento da torre? Você sempre mantém a porta fechada.

— Ele vai dar um jeito — respondi, olhando para as janelas da torre. Não seria problema algum para um morcego.

Quinze

Eu tinha começado a relaxar, com a certeza de que a lança de Jorge era a ameaça mágica sobre a qual Oculura e minha avó haviam alertado, quando Eadric se inclinou para mim e disse:

— Eu vi Gramina quando estava saindo da minha tenda. Por que sua tia estava espalhando pedaços de frango cru no chão? Ela estava fazendo a felicidade de vários cachorros, até que os espantou com a vassoura.

Saltei de pé e olhei para a tenda de Eadric.

— Para onde ela estava indo?

— Não sei. Eu...

Uma mulher berrou. A princípio, achei que era o grito de un pavão, mas quando o chão tremeu e outras pessoas começaram a gritar, soube que tinha baixado a guarda cedo demais.

Enquanto eu tentava ver o que estava acontecendo, Eadric pulou por cima do corrimão.

— Fique aqui! — disse ele.

Passei por baixo do corrimão e comecei a correr.

— Sou a Bruxa Verde, lembra? — gritei por cima do ombro. — Não fico fora de encrencas; eu as resolvo.

Eadric arrancou Fred da bainha e correu para me alcançar.

— Como eu poderia esquecer? — berrou ele.

Eu ainda estava na frente da arquibancada quando a tenda estremeceu. Olhando para cima, vi um enorme tentáculo cinza se erguer acima do teto verde, depois baixar com força sobre o topo, esmagando a tenda. Algumas pessoas — que tiveram o azar de ser apanhadas ali dentro — saíram se retorcendo de baixo das paredes de pano. Eu esperava que ninguém tivesse ficado para trás.

Eadric sempre fora o corredor mais rápido, por isso chegou primeiro ao pavilhão. Desta vez, quando o tentáculo baixou do céu, ele estava preparado e o segurou com um dos braços, torcendo o corpo para envolver suas pernas ao redor. Pendurando-se com toda a força, escalou o tentáculo até o topo, onde aquela coisa ficou se sacudindo para trás e para a frente, tentando jogá-lo longe.

Eu não podia fazer um feitiço para lutar contra aquilo enquanto não soubesse exatamente o que era, por isso corri em volta do pavilhão arrasado, esperando ver melhor a criatura. Houve um sopro de ar acima de mim, e ouvi Eadric gritar. Erguendo a cabeça, vi-o montando o tentáculo como se fosse um cavalo selvagem corcoveando. Eu estava tão perto que pude escutar Fred cantando enquanto Eadric golpeava seu medonho corcel cinza.

Talha, rasga, pica e retalha.
Corta o inimigo pra ele não voltar.
Rasga, penetra, fura, esmigalha.
Meu dono é que não vai se machucar.

Pedaços da carne da coisa caíam do céu, mas o tentáculo continuava se sacudindo, esmagando tendas e lançando pelo ar mastros de barracas e rodas de carroças. Pessoas gritavam e se espalhavam, enquanto a criatura se movia em direção ao campo de justa.

— Emma! — gritou Eadric de algum lugar acima da minha cabeça. — Dê-me a echarpe.

— Tem certeza? — berrei. — Você me fez prometer.

— Esqueça a promessa. Só a mande para cá!

— Ótimo — pensei. — E dizem que as mulheres é que são volúveis.

Pegando a echarpe com a moeda, mandei-a para Eadric com um peteleco e algumas palavras sussurradas. A echarpe estremeceu, depois se abriu como as asas de um pássaro e começou a voar, levando a moeda até Eadric. Ela demorou um tempo para alcançá-lo, porque o tentáculo ficava se mexendo, mas ele finalmente viu-a chegando e a agarrou de passagem.

Ouvindo um sibilo alto, girei para uma das poucas tendas ainda de pé, para além de uma tropa de malabaristas que corria na direção oposta, e descobri o que estava procurando. A enorme criatura que carregava Eadric se arrastava pelo chão, puxada por tentáculos que claramente não haviam sido feitos para terreno seco. Com uma vez e meia a largura da maior tenda, o monstro tinha corpo de caranguejo, com a carapaça dura, cara afilada de tubarão e tentáculos de um polvo enorme. Era uma mistura de três criaturas diferentes. Agora eu sabia o que tinha de fazer; só precisava descobrir *como* fazer.

Dois cavaleiros tentavam fazer o monstro recuar com suas lanças, mas o corpo com carapaça era duro demais para ser penetrado, e a cabeça de tubarão era feroz demais para alguém se aproximar.

Quando ela tentava mordê-los, os dentes de tubarão faziam barulho contra as armaduras já amassadas. Lanças despedaçadas cobriam o chão e pedaços de espadas partidas se projetavam inúteis da boca do monstro.

Eadric devia ter visto isso, enquanto voava pelo céu, porque na vez seguinte em que o tentáculo o levou por cima do corpo do monstro ele se soltou e pulou nas costas da criatura. As mandíbulas de tubarão se abriram, enquanto o corpo se sacudia, tentando desalojar Eadric.

Um cavalo relinchou, eu me virei e vi outro cavaleiro esporear o animal em direção ao monstro. Quando a cabeça de tubarão girou e se projetou adiante, o pobre corcel empinou, quase derrubando o cavaleiro. O cavalo girou, e a última coisa que vimos do cavaleiro foram as costas de sua armadura, sacudindo-se loucamente enquanto o garanhão galopava entre as tendas que restavam, até sumir.

Diferentemente dos monstros que Gramina havia criado antes, este era composto de três criaturas inocentes. Deixá-las naquela forma não somente iria fazê-las sofrer pelo resto da vida, mas introduziria uma nova fera, mais horrível, no mundo dos monstros. Eu precisava de um feitiço o desmembrasse em suas formas individuais.

Enquanto Eadric tentava se arrastar até a nuca do monstro, apontei para a coisa e disse:

> Pegue este monstro e separe
> Nas três criaturas originais
> Que serão felizes de novo
> Vivendo como bichos normais.

O monstro se mexeu outra vez e o feitiço errou o alvo. Eu estava tentando pensar num modo de colocar o feitiço onde queria quando Eadric deu um salto e pousou na cabeça de tubarão. O monstro tentou mordê-lo, mas Eadric se abaixou, cravando Fred no exato lugar onde a cabeça de tubarão se juntava à casca de caranguejo. Estava tentando cravar Fred mais fundo quando um dos tentáculos se enrolou em sua cintura, arrancou-o e jogou-o de lado como uma boneca quebrada. Gritei ao vê-lo voando pelo ar, os braços e as pernas se sacudindo.

Eadric estava gritando quando despencou no chão, mas em vez de um ruído sólido, bateu com um som esguichado e imediatamente ricocheteou de pé.

— Uau! — disse ele, quando corri para ver se estava bem. — Isso foi incrível!

— Eadric, sei o que temos de fazer... — comecei.

— É, mas você viu aquilo? Eu saí voando e bati no chão e ricocheteei e...

— Eadric, está me ouvindo? Aquilo é um monstro composto. Posso torná-lo inofensivo se conseguir dividi-lo em partes individuais, mas preciso que você me ajude a lançar o feitiço.

— Tudo bem — respondeu Eadric.

— Vou colocar o feitiço numa bola, como as que usamos quando lutamos contra o rei Beltran e transformamos seus soldados em sapos e camundongos. Você terá de mirar num lugar que acerte partes das três criaturas. Acha que consegue?

— Com a echarpe que você me deu, acho que posso fazer qualquer coisa.

— Então lá vai.

Moldando uma bola com as mãos, repeti o feitiço que dividiria o monstro. Durante todo o tempo em que trabalhava, podia ouvir dois cavaleiros lutando contra a fera. Eu havia quase terminado quando o monstro os atirou contra a lateral de uma tenda. A tenda aliviou sua queda enquanto eles a achatavam no chão. Os cavaleiros estavam chafurdando no tecido quando entreguei a Eadric a bola cheia de feitiço.

— Isso é bem forte? — perguntou ele, pegando-a.

— O bastante. Só não deixe cair.

Uma gargalhada aguda irritou meus nervos. Olhando na direção das tendas, vi Gramina espiando por trás de uma carroça despedaçada, vendo sua criação com orgulho materno. Quando o monstro notou a aproximação de Eadric, virou a cabeça para tentar mordê-lo. Gramina gargalhou e esfregou as mãos. No momento em que Eadric se desviou e tentou de novo, ela quase dançou de alegria. Mas quando ele correu direto para a cabeça do monstro e jogou a bola com toda a força que conseguiu juntar, Gramina parou de rir, seus olhos se nublaram e ela começou a murmurar um feitiço.

— Ah, não vai não! — disse eu, e recitei um feitiço de amarração.

A mão de Gramina se imobilizou no meio do gesto. Seu rosto ficou quase roxo quando ela percebeu o que eu havia feito. As únicas coisas que conseguia mexer eram os olhos, mas olhou para mim com uma ferocidade que dizia tudo. O feitiço de amarração era antigo, um que eu tinha certeza de que Gramina conhecia, mas ela demoraria um ou dois minutos para quebrá-lo, dando tempo para o meu feitiço funcionar.

A bola acertou o monstro, explodindo com uma chuva de gotas verdes. Eadric tentou pular fora do caminho, mas havia subestimado o alcance do monstro, e os dentes afiados como adagas se fecharam sobre suas costas e seu ombro. Então, entre uma respiração e outra, o monstro estremeceu e se dissolveu numa poça cor de lavanda.

Eadric cambaleou e quase caiu, enquanto Fred despencava no chão. Gramina uivou sem palavras, com o feitiço de amarração ainda não totalmente quebrado.

O monstro se fora, deixando um caranguejo minúsculo, um bebê polvo e um tubarão miniatura sacudindo-se na terra batida. Eles morreriam se os deixássemos no chão, por isso mandei-os para a casa deles com um feitiço rápido. Eles desapareceram numa névoa verde que tinha um forte cheiro de água salgada.

— Como você ousa? — berrou Gramina, finalmente recuperando a voz. — Esse foi o melhor monstro que já fiz! Você o arruinou! Agora vou ter de recomeçar e...

— Não vai não — respondi olhando-a irritada. — Seus dias de fazer monstros acabaram.

Gramina deu um riso de desprezo.

— Ah, verdade? E acho que é você que vai me impedir, não é?

— Se ela não impedir, eu impeço — disse minha avó, que de repente apareceu ao meu lado. — Por que você teve de arruinar este torneio, sua moleca mimada que não serve para coisa alguma? Você sabe como eu adoro torneios! Eu assistia ao seu pai disputar mesmo antes de você ser ao menos um brilho nos olhos dele. Você fez isso só para me chatear.

— Talvez eu não goste de torneios, de todo esse barulho e dessa festa. Já pensou nisso? Ou talvez eu quisesse ver sua expressão quando meu monstro comesse esses preciosos cavaleiros.

— Ou talvez você apenas seja tão perversa que não suporte ver ninguém se divertindo — murmurei baixinho.

— Cuide da sua vida — disse Gramina, fazendo uma careta para mim. De novo, eu havia me esquecido de como a audição de Gramina era boa. — Você convidou a megera velha para ela ajudar a estragar minha diversão? Isso não vai ajudar a nenhuma de vocês. Esse saco velho de ossos não ajuda ninguém há anos. A magia dela é tão ridícula que...

— Quem você está chamando de saco velho de ossos, seu poço de gosma ridículo? — rosnou minha avó. — Vou lhe ensinar a não mexer comigo. Minha magia é mais forte do que a sua! — Apontando para o chão por baixo dos pés de Gramina, minha avó murmurou algumas palavras obscuras. O chão começou a trovejar, e uma pequena rachadura se abriu.

Eadric havia chegado perto de mim enquanto eu não estava olhando para ele.

— Não creio que Gramina estivesse realmente pensando na sua avó quando...

Apertei sua boca com a mão antes que ele pudesse dizer outra palavra.

— Shh, Eadric! Agora, não. — A última coisa que eu queria era que duas bruxas lutando voltassem a atenção para ele.

Olhando de volta para minha tia, vi que a rachadura havia se alargado, forçando-a a cambalear para longe.

— Isso é tudo que você consegue fazer? — provocou Gramina, balançando o dedo de modo quase brincalhão. Em seguida, levantou os braços para o céu e começou a girar no mesmo ponto, a princípio devagar, depois cada vez mais rápido até se transformar num borrão. Um vento começou a soprar, trazendo com ele flocos de neve dançando. A neve ficou mais densa, girando numa tempestade horizontal.

Virei a cabeça para não deixar que a neve me cegasse, e vi minha avó bater com os pés e fazer um gesto. De repente, havia outro tipo de vendaval que nos fez recuar. Um enxame de insetos havia se formado entre as mãos de vovó, derramando-se numa nuvem que ferroava, picava, saltava, se arrastava, voava, rolava e redemoinhava na direção da minha tia.

A tempestade de neve ficou mais forte, congelando insetos no ar e no chão, mas quando alguns conseguiram passar pela barreira gelada, Gramina bateu neles e invocou outra arma, deixando sua tempestade de neve morrer até alguns poucos flocos. Pássaros de todas as formas e tamanhos voaram para ela, descendo do céu, vindos de um raio de alguns quilômetros, para devorar os insetos antes de voltar seus pequenos olhos em direção à minha avó.

— Então é assim que você quer brincar — disse vovó, e, em instantes, um exército de felinos baixou sobre nós. Rosnando, guinchando, saltando — desde gatos de estábulo até leões com jubas desgrenhadas — pareceram surgir de lugar nenhum, atacando os pássaros que voavam e saltando em cima quando eles pousavam.

Quase todo mundo fugira do campo apavorado com o monstro de Gramina. Quando os grandes felinos ficaram sem pássaros para caçar, começaram a perseguir os poucos humanos que ainda estavam por perto. Um felino de pelo castanho com manchas irregulares me olhou e lambeu os lábios. Eu precisava fazer alguma coisa, e tinha de ser rápido, antes que a situação ficasse ainda mais descontrolada. Pensei em me transformar num grande cachorro para expulsar os felinos, mas Gramina foi mais rápida, invocando uma matilha de lobos enormes, exatamente do tipo que eu havia expulsado do reino apenas algumas semanas antes. Os lobos ignoraram Gramina, minha avó e eu, mas eu sabia que não demoraria muito até que se virassem também contra nós; e se não estivéssemos ali para impedi-los, eles iriam atrás de qualquer um que saísse das muralhas do castelo.

— Parem com isso! — gritei para minha tia e minha avó, tentando ser ouvida acima da luta. Nenhuma delas prestou atenção.

Eu precisava fazer alguma coisa para acabar com a briga, algo que elas não pudessem ignorar. Só havia uma criatura que eu sabia que ambas respeitavam. Eu nunca havia me transformado em uma. Mas, afinal de contas, nunca havia tentado.

Dragões grandes, dragões pequenos,
Criaturas de maior pavor.
Me transforme numa delas,
E bem depressa, por favor.

Quando minha pele começou a queimar, me perguntei se teria cometido um erro terrível. Talvez as pessoas jamais devessem se transformar em dragões. Quando meu estômago pareceu pegar fogo, fiquei convencida de que o erro seria fatal. Por que não podia ter escolhido uma criatura não mágica? Em vez da sensação pinicante ou borbulhante que geralmente sentia ao me transformar, era doloroso virar dragão. Tudo em mim doía: a pele, o estômago, a cabeça, os músculos, até os ossos. A dor ficou pior, até eu sentir que fora mergulhada em lava derretida. Estava deitada no chão, retorcendome em agonia, quando a dor terminou tão abruptamente quanto havia começado. *Devo estar morta*, pensei, abrindo os olhos, mas continuava no campo entre o fosso e as tendas. A luta havia parado momentaneamente, e todo mundo me olhava.

Olhei para baixo e entendi o motivo. Eu era um dragão, como queria, mas não exatamente como qualquer dragão que eu já vira. Desde a ponta do focinho afilado até o fim da cauda serrilhada, meu corpo era de um verde iridescente como olivina. As garras do tamanho de dedos eram de uma escura cor de esmeralda, e as asas verde-claras eram translúcidas. Como eu havia aprendido meses antes, não existiam dragões verdes, no entanto era exatamente isso que eu havia me tornado. Tinha quase quatro metros de comprimento e estava coberta de escamas, mas pela primeira vez na vida me sentia realmente linda.

Enquanto todo mundo me olhava, levantei as asas e flexionei-as para ver se realmente funcionavam. Não as movi muito, mas ainda assim criei um vento suficientemente forte para fazer alguns dos felinos menores voarem e para soprar para longe os últimos insetos.

— Emma, é você? — perguntou minha tia.

— Sou — respondi numa voz que parecia um sibilo.

Vovó coçou a cabeça.

— Isso não é possível — disse ela. — Nenhuma bruxa jamais conseguiu se transformar em dragão. Deve ser ilusão.

— Isso parece ilusão? — perguntei abrindo as asas de novo e batendo-as uma, duas, três vezes. O vestido de vovó se agitou atrás do corpo, e ela precisou se firmar para não ser soprada para longe.

— Acho que não — respondeu ela, piscando por causa da poeira que eu havia jogado em seus olhos.

Gramina espirrou, depois assoou o nariz na manga.

— Como isso é possível? — perguntou.

— É magia — falei. Na verdade, eu também não fazia ideia, mas suspeitava de que tivesse algo a ver com o fato de eu ser Amiga de Dragão.

Nem Gramina nem vovó protestaram quando eu as juntei e disse:

— Chega de brigas com magia. Se não concordarem com relação a alguma coisa, terão de aprender a falar sobre isso. Entenderam? — Elas confirmaram com a cabeça, como se fossem marionetes manipuladas por fios. — Agora vão para o castelo e fiquem lá até resolverem isso.

Elas foram andando juntas, olhando para mim de vez em quando, para se certificar de que eu ainda estava atrás. Acompanhei-as até a ponte levadiça, depois sentei-me e fiquei vigiando enquanto caminhavam para dentro.

— Comecem logo — gritei para elas. — Vou ficar aqui mesmo.

Minha voz deve ter soado alta no espaço confinado, porque elas se encolheram quando falei, depois foram embora rapidamente, como pajens apanhados roubando doce na cozinha. Flexionei as asas mais uma vez, gostando do modo elástico como elas se esticavam. Infelizmente, não tive tempo para experimentá-las, mas prometi a mim mesma que me transformaria de novo em dragão assim que tivesse oportunidade, para experimentar.

Quando minha tia e minha avó estavam fora da minha vista, repeti o feitiço para virar novamente humana. Eadric havia ficado para trás, mas agora que eu era eu de novo, juntou-se a mim perto da ponte levadiça.

— Foi mais fácil do que eu esperava — eu disse. — Viu como elas me escutaram?

Eadric lambeu os lábios e tentou sorrir.

— Qualquer um teria prestado atenção, com você daquele jeito. Você deu um susto tão grande que elas não poderiam recusar. Para ser honesto, você me assustou também.

— Desculpe. Eu só queria que elas parassem com a briga. Parece que é o único modo de aquelas duas se relacionarem. Eu gostaria de ser capaz de ordenar que Gramina beijasse Haywood, mas duvido que isso ajudasse, agora. Ela não faria isso com vontade, e acho que a coisa tem de ser de coração, para funcionar. É melhor vermos o que Gramina e vovó estão aprontando — falei, beijando a bochecha de Eadric.

Pude ouvi-las discutindo muito antes de chegar ao Grande Salão. Suas vozes eram agudas e iam longe. Quando entrei, vi que eu não era a única que elas haviam atraído. Oculura e Dispepsia estavam sentadas num banco nos fundos do cômodo, dividindo uma bandeja cheia de ganso assado e cebolas enquanto ouviam a discussão. Meus pais também estavam ali, junto à rainha Frazzela e o rei Bodamin, ambos vestidos para viagem.

— Uma floresta de urtiga espinhenta — disse minha avó. — É o que eu teria tentado em seguida se Emma não estivesse lá.

Gramina fungou.

— Você é tão antiquada! Urtiga espinhenta saiu de moda há anos! Eu teria experimentado areia movediça ou talvez uma névoa tão densa que...

— No meu castelo, não — disse uma voz de aparência oca quando meu avô se materializou no centro do salão. — Este lugar não é uma área de testes para novos feitiços. É um lar, uma sede de governo, coisa que vocês duas parecem esquecer. Gramina, fiquei sabendo daquele pó que você andou usando nos fantasmas da masmorra. Estou agindo em nome do Conselho dos Fantasmas quando digo que você não pode mais usá-lo, sob pena de ser perseguida pessoalmente. Mandei que os fantasmas contaminados fossem limpos do pó. Não haverá mais traquinagens como aquela por aqui. É hora de você e sua mãe crescerem e começarem a ajudar Emma, em vez de tornar as coisas mais difíceis para ela. Com ou sem maldição, vocês ainda fazem parte da família.

Todo mundo virou a cabeça quando a rainha Frazzela gemeu do outro lado do salão. Seu rosto estava pálido, e a mão segurando a garganta, mas isso não a impediu de falar o que pensava:

— Esta é uma família horrenda! — disse, com a voz ficando tão aguda quanto a da minha tia e minha avó. — Quando vim para dentro, me deitar, ouvi a agitação, por isso subi nas muralhas. Vi tudo que aconteceu aqui hoje. Parentes bruxas, monstros no fosso e fantasmas no castelo! Até aquela garota é uma bruxa — disse ela, apontando um dedo acusador para mim. — Depois de conhecer todos vocês, jamais darei permissão para o meu filho se casar com alguém de uma família tão horrenda, não importa o quanto ele diga que ama sua princesa.

A cor do meu avô se aprofundou até um azul intenso enquanto ele flutuava na direção da mãe de Eadric.

— Você não faz ideia do que está falando — disse ele com um sentimento na voz que eu não escutava havia muito tempo. — Esta família pode ser diferente, mas não é horrenda. — Levantando um braço transparente, vovô apontou para minha avó. — Esta mulher foi a melhor esposa que qualquer homem já teve, rei ou não. Ela me amou de todo o coração, mas eu estava ocupado demais para notar. Nós discutimos sobre alguma coisa boba, e eu pensei que iria compensar com um buquê de flores idiota. Foi culpa minha ela ter caído presa da maldição medonha que modificou sua vida. Se eu a conhecesse melhor, isso jamais teria acontecido. Eu amava essa mulher naquela época, e ainda amo. Se existe o que chamam de alma gêmea, esta mulher é a minha. Qualquer homem poderia se considerar feliz se pudesse se casar com alguém desta família, e seria um idiota se pensasse o contrário.

— Aldrid? — disse vovó.

Vovô se virou para ela, flutuando de volta pelo salão até que sua aura quase a tocasse.

— Eu deveria ter dito há anos como me sentia, mas outras coisas viviam entrando no caminho. Por mais que você tenha ficado maligna, eu sempre soube que era a maldição que falava, e não você. Eu amo você, Olivene. Sempre amei e sempre vou amar.

Vovô foi de novo na direção dela, com o azul da aura engolfando-a enquanto seus braços pareciam envolver o corpo dela. Ainda que pudéssemos ver através dele, também pudemos ver quando ele a beijou nos lábios, e ela reagiu, tentando beijá-lo de volta.

Afloraram lágrimas nos meus olhos, e eu as estava enxugando quando Eadric me cutucou e disse:

— Olhe isso!

Um buraco parecia ter se aberto no teto, e através dele jorrou uma chuva de pétalas de flores de todos os tipos. Elas caíram em volta de nós, batendo nos rostos, nas roupas e no chão. Mamãe berrou e escondeu o rosto no ombro de papai, mas pela primeira vez em séculos as pétalas de flores não tinham poder de transformar as mulheres da família real de Grande Verdor.

Alguém riu, um som leve e tilintante que trouxe um sorriso aos lábios de todo mundo. Era minha avó, com o rosto restaurado à antiga beleza — mais velha, mais triste, mas ainda o rosto que meu avô tinha amado. Olhei minha tia, e ela também havia mudado, seu rosto era aquele que me fizera tanta falta. Ouvindo os risos, minha mãe levantou os olhos, e vi seu rosto se transformar. Muitos anos pareceram se soltar dela, enquanto ela percebia a verdade. A maldição da família havia terminado.

Todo mundo começou a rir, um som jubiloso que não era ouvido no castelo havia muito tempo. Ainda rindo, virei-me para Eadric, com as palavras que quisera dizer já soando na língua.

Algo bateu na porta, e escutei uma voz gritar:

— Para! Me solta! — Um instante depois, o cão Velgordo recuou para dentro do salão. Em vez de soltar, Velgordo rosnava e balançava a cabeça, depois firmou os pés e puxou com mais força ainda. Com um último puxão, Haywood passou pela porta. Quando viu todo mundo, olhou sem graça ao redor e disse:

— Eu não queria me intrometer. O cachorro... — E então seu olhar pousou em Gramina. A perplexidade de seu rosto demorou apenas um instante, expulsa por uma expressão de tamanho afeto que senti que nós é que estávamos sendo intrometidos.
— Gramina? — perguntou ele. — É você, mesmo?

— Ah, Haywood — disse ela, e de repente os dois estavam abraçados.

Velgordo latiu e pulou num banco vazio.

— E com este — disse ele —, são três!

— O que ele quer dizer com... Ah! — disse Haywood, enquanto um redemoinho minúsculo dançava ao redor do cão Velgordo, deixando em seu lugar o feiticeiro Velgordo.

— Argh! — disse Eutambém, o papagaio, empoleirado no ombro do velho. — Já não era sem tempo!

— Por que está reclamando? — perguntou Velgordo. — Fui eu que fiz todo o trabalho. Você só era a minha pulga!

Segurando a mão de Eadric, levei-o a um canto vazio do salão, onde podíamos ter alguma privacidade.

— A maldição terminou — falei, antes de abraçá-lo.

— Mmm. Isso quer dizer que podemos nos casar?

Confirmei com a cabeça.

— Nada me faria mais feliz.

— Nada? — Ele perguntou.

— Bom, eu gostaria de fazer a cerimônia no pântano. Teremos de convidar todos os nossos amigos. Você sabe de quem estou falando. Tem a Fê, claro, e Garrido, se ainda estiverem juntos, e alguns fantasmas da masmorra. E tem os dragões e...

— Que tal meus pais?

— Teremos de convidá-los também. Talvez eles não gostem de mim agora, mas você sabe que eles vão me amar depois de me conhecerem um pouquinho melhor.

— Claro que vão amá-la — disse ele, beijando-me na testa. — Todos sempre a amam.

Este livro foi impresso nas oficinas da
DISTRIBUIDORA RECORD DE SERVIÇOS DE IMPRENSA S.A.
Rua Argentina, 171 – Rio de Janeiro, RJ
para a EDITORA JOSÉ OLYMPIO LTDA.
em novembro de 2009

*

78º aniversário desta Casa de livros, fundada em 29.11.1931